王様ゲーム 起源

國王遊戲

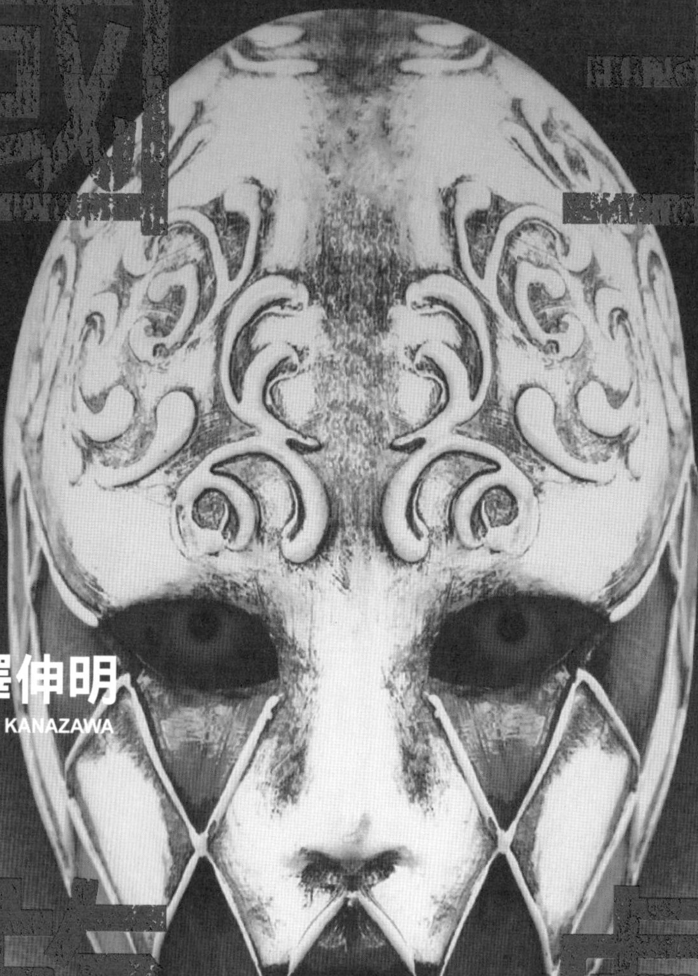

金澤伸明

NOBUAKI KANAZAWA

起源

國王遊戲〈起源〉

國王遊戲　起源

◆目次◆

序章

【1977年8月4日（星期四）下午2點2分】

「喔喔！找到了、找到了！」

見到闊葉樹的樹幹上生長的鳳尾菇，本多一成眼睛馬上亮了起來。這些鳳尾菇帶著奶油白色，就像嬰兒的手掌一樣大，全都群聚在樹幹的某一面，就像是一群蝴蝶停在樹幹上休息似的。

一成墊起穿著運動鞋的腳，把背脊拉直，抓著位置最高的鳳尾菇，從根部扭下來。一股菇類的香氣飄進了鼻腔。

「帶回去給奶奶，放進米飯裡一起蒸吧。」

一成把那些香菇一朵一朵地摘下，放進竹簍裡。當竹簍變成半滿時，他身後的樹叢傳來了聲響。回頭一看，一個穿著胭脂紅的襯衫、搭配牛仔褲的少女，就站在那兒。她及肩的黑髮，被樹林枝葉間灑下的陽光照得閃閃發亮，澄澈的眼眸像是水面波光一般地搖曳著。少女張開櫻桃色的小嘴，朝一成跑了過來。

「對不起喔，我來晚了，一成。」

少女雙手合掌，不停地低頭道歉。一成面帶微笑，輕輕地拍著她的肩膀說：

「沒關係啦，奈津子。妳遲來得好，看來這次採香菇比賽，我是勝利在望啦！」

「什麼？你已經採這麼多啦？」

本多奈津子往一成手上的簍子裡面看去。
「不會吧！都超過一半以上了！」
「那邊的山毛櫸長了很多，怎麼樣？我的運氣不錯吧！」
「咦？這樣不公平啦！」
奈津子鼓起臉頰抗議。
「誰叫妳明明知道今天要採香菇還遲到，這個叫自作自受。不過，妳還是可以拿第2名，這樣也不錯啊。」
「這叫強迫中獎。因為只有我跟你兩個人而已。」
「啊、被妳發現啦！」
「那還用說嗎！一成是大笨蛋！」
奈津子握起小小的拳頭，在一成的胸膛上咚咚咚地敲著。
「討厭，我絕饒不了你。」
「哈哈哈，對不起。我把我採到的香菇分一半給妳好了。」
「這樣還不夠。」
「喂，那妳還要我怎麼做呢？」
「……抱緊我。」
「這、這樣不好吧。」
一成滿臉通紅地看著奈津子。

「萬一被村裡的人看到的話就糟了，我們是堂兄妹，那些大人無法接受這種事的。」
「在這麼偏僻的山裡，有誰會看到啊！」
「嗯……被看到的機會是不高，可是……」
「該不會是……你不想吧？」
望著奈津子濕潤的眼眸，一成下意識地把手環繞到她的背後。隔著襯衫，他感覺到奈津子柔軟的肌膚和加速的心跳。
奈津子把頭依偎在一成的胸膛，「呼」地嘆了一口氣。
「你不是說過……堂兄妹可以結婚的嗎？」
「是啊。不過像夜鳴村這種偏僻的山區村落，多少都有一些不合理的傳統，大部分的人還是無法接受。妳母親弓子嬸嬸，不也是這樣嗎？」
「嗯。」
一成咬著嘴唇，搖搖頭說：
「我早就有這種預感了。每次我跟妳走得太近時，就覺得嬸嬸好像在瞪著我們。」
「……夜鳴村真的是有點奇怪。生活所需都是自給自足，和外面的世界幾乎沒有往來。唯一和外界聯繫的那條路……也常常被擋住。」
「就是啊。不過，妳也不要煩惱太多了，我想總有一天，大家會接受我們兩個在一起的事實的。」
「希望如此。」

「放心，一定可以的。」

一成摟著奈津子的手臂，不自覺地更加用力了。

「那一天一定會來臨的……」

奈津子看了一眼附近長滿香菇的山林。這一帶除了香菇之外，還開了許多金盞花。

金盞花的葉子大約有5～18公分長，是屬於單葉互生的草本植物，葉子上有雜生的絨毛。花徑約10公分，通常分成橘色和黃色兩種。花瓣有單層的，也有八層的，花朵中心的黑色部分是一大特色。

金盞花一般來說都是秋天播種、冬天結實，在這個地區初夏時節開花是很普通的事。它的花語是「別離的哀傷、失望與和平」。

在日本，這種花通常被視為觀賞植物，所以經常可以在花圃裡看到它們的蹤跡。不過在歐洲，金盞花的原種可以食用，是屬於藥草的一種。甚至有人用金盞花做成軟膏，治療燒燙傷、青春痘之類的皮膚毛病。

金盞花發芽之後，一年之內會經歷開花、枯萎，是一年生的植物。

奈津子閉著眼睛，小鳥依人地靠在一成的胸膛上。

——也許，我們家族的血脈，必須在某個地方斷絕才行。不管是一成、或是任何東西，都要在某個地方結束。只有毀滅才能帶來救贖。為了這個目的，我們這個受到詛咒的家系……必須犧牲。

【8月4日（星期四）晚間6點12分】

一成和奈津子帶著一大簍採收到的香菇，在山路上走著。過了好一會兒，眼前的視野突然豁然開朗，放眼望去還可以見到木造房舍聚集的村落。

「已經很晚了，我們得加快腳步才行！」

一成對著背後的奈津子這麼說，然後繼續在通往村子的下坡路上疾行。

抵達奈津子的家時，天色早已變得昏暗。兩人才剛踏進院子裡，家裡的拉門隨即打開，奈津子的母親本多弓子就站在那裡。弓子的視線在一成和奈津子之間來回移動，然後吊起工整的雙眉說：

「怎麼這麼晚才回來，你們到底做什麼去了？」

聽到弓子尖酸的語氣，一成趕忙解釋道：

「弓子嬸嬸，我們只是去採香菇啦。」

「採香菇？就你們兩個？」

「本來還有找勇二和龍司一起去的，可是他們說要忙田裡的活，所以拒絕了。」

「我說一成……像這種時候，不是應該取消嗎？奈津子是青春期的少女，你居然邀她去山裡……」

「嬸嬸，我只是……」

看著一成不知如何辯解的模樣，弓子鄙夷地嘆了一口氣說：

「你們兩個可是堂兄妹，行為要檢點才行！」

「媽！」

奈津子像是要袒護一成似的，跑到前面去。

「檢點？要檢點什麼？我和一成又沒做錯事！而且，就算是堂兄妹，也是可以結婚的啊！」

「奈津子，法律和現實是不一樣的。雖然法律允許堂兄妹結婚，可是村民們會用什麼眼光看你們？村裡有村裡的規矩，大家都要遵守規矩才行。」

「我才不在乎別人的眼光呢！」

奈津子紅著眼眶大喊。

「為什麼媽每次都是這樣！總是那麼在意村民的眼光！」

「奈津子！我已經跟妳說過好幾次關於我們家系的事情了！祖先們早就選擇要和外界隔離，妳最好認清這點！」

「妳是指曾祖母是咒術師的事情對吧？我記得很清楚！」

「沒錯，當年我們的祖先就是靠著咒術以及替村民治病，才能換取食物，而且和村民之間建立了信任。要是你們兩個流著同樣血脈的堂兄妹結婚的話，村民對我們的信任馬上就會瓦解了。」

「都什麼時代了，那些早就沒有意義了。媽，妳也不懂咒術不是嗎？死去的老爸也是一輩子務農，所以現在根本沒有人在乎我們家的祖先曾經做過什麼。」

「不管怎麼說，失去了村民的信任就是不行！我們家族就是這樣小心翼翼活下來的！」

看著弓子一副不容辯解的態度，奈津子的眼淚終於奪眶而出。

「我受夠了！媽太愚昧了！什麼咒術師！那只是用來隱瞞事實的假象而已！其實根本就是……」

「不准妳再說下去，奈津子！」

弓子用幾近發狂的音量，阻止奈津子繼續說話。

奈津子跑進房子旁邊的一間倉庫，從裡面傳出喀嚓上鎖的聲音。弓子用拳頭不停地敲著厚重的木門。

「給我出來！那裡面有放藥啊！」

「討厭……我討厭媽！討厭反對我們交往的村民！」

倉庫裡傳來奈津子掩面哭泣的聲音。一成也想勸奈津子，不過被弓子制止了。

「一成，請你回去！你在這裡只會讓奈津子的情緒更加不穩。」

「可是……」

「別說了，這是我跟我女兒的問題。」

一成緊閉著嘴唇，離開了倉庫。

回到自家房間之後，一成在榻榻米上躺成大字形，茫然凝視著天花板，無奈地嘆氣。

「當堂兄妹，還真是麻煩啊……」

一成想起很久以前的回憶。

那是進入小學念書之前的事了。奈津子很喜歡玩遊戲，幾乎每天都會帶著紙牌或是雙六，到一成家裡玩。奈津子玩遊戲的時候非常專心，而且輸給一成的時候常常會沮喪不已。

有一回，一成假裝輸給她，沒想到奈津子居然哭著抗議「要是不認真玩的話就不好玩了！」當時，一成對奈津子這種認真的態度頗有好感。不知不覺中，這種好感漸漸轉化成了愛情。

一成升上中學之後，他和奈津子這對堂兄妹經常像戀人一樣出雙入對，也因此引來大人們的指指點點。

『堂兄妹不應該這麼親近！』

每次聽到大人這麼說，一成心裡總是很難過。就好像他和奈津子來往是一件壞事，所以才會遭到反對。雖然他也明白大人們是出於關心才會反對，但內心還是無比痛苦。

一成又嘆了口氣之後，站了起來。他拍掉沾在牛仔褲的塵土，打開壁櫥的紙門，從裡面拿出一個茶色的紙袋。紙袋裡裝的是一個純白色的兔子布偶，那是他特地跑去山下的小鎮買來的，要送給奈津子當作生日禮物。

「不知道奈津子收到之後……會不會開心呢？」

一成對著兔子布偶這麼問。當然，兔子是不可能回答的。X字形的嘴依舊緊緊地閉著。

「算了，問也問不出答案。」

一成抱著布偶，凝視窗外。外面的景色已經被黑暗籠罩，白天還是綠油油的山脈，現在全變成黑色的巨大黑影。

不知道從哪裡傳來野獸的嗥叫聲，而且連續叫了好幾聲，聽起來既尖銳又可怕，彷彿在預告有不祥的事情即將降臨一般。

「奇怪？這叫聲聽起來不太尋常……」

持續嗥叫的獸鳴，讓一成感到一陣毛骨悚然。

——有種不祥的預感。到底是什麼？

「村子的規矩、習俗……奈津子。」

一成懷著忐忑不安的心情，喃喃地唸著心愛女孩的名字。

規則

1 全體村民強制參加。

2 收到國王的命令之後，絕對要在1天之內達成使命。

3 不遵從命令者將受到懲罰。

4 絕對不允許中途退出國王遊戲。

夜鳴村居民

梅田靜世（Umeda Suzuyo・14歲）
梅田智子（Umeda Tomoko・36歲）
岡田佳惠（Okada Yoshie・38歲）
神田大輝（Kanda Daiki・10歲）
神田百合（Kanda Yuri・34歲）
工藤妙（Kudou Tae・60歲）
近藤美千代（Kondou Michiyo・57歲）
近藤雄一（Kondou Yuichi・61歲）
齋藤源藏（Saitou Genzou・70歲）
齋藤高志（Saitou Takashi・41歲）
武田幸子（Takeda Sachiko・74歲）
田中久藏（Tanaka Kyuzou・72歲）
田中早苗（Tanaka Sanae・24歲）
田中勇二（Tanaka Yuji・16歲）
富長靜夫（Tominaga Shizuo・63歲）
富長美知子（Tominaga Michiko・87歲）

中村和也（Nakamura Kazuya・12歲）
中村和幸（Nakamura Kazuyuki・41歲）
中村光三郎（Nakamura Kouzaburou・73歲）
中村久子（Nakamura Hisako・36歲）
平野篤志（Hirano Atsushi・42歲）
平野道子（Hirano Michiko・15歲）
本多梅（Honda Ume・67歲）
本多一成（Honda Kazunari・16歲）
本多茂樹（Honda Shigeki・44歲）
本多奈津子（Honda Natsuko・16歲）
本多弓子（Honda Yumiko・38歲）
丸岡浩司（Maruoka Kouji・51歲）
丸岡修平（Maruoka Syuhei・24歲）
三上鈴子（Mikami Suzuko・9歲）
三上文子（Mikami Fumiko・36歲）
三上龍司（Mikami Ryuji・15歲）

命令1

【8月8日（星期一）上午10點21分】

突然間，拉門喀啦喀啦地打開了，同時傳來粗野的叫聲。

「喂——！一成！你在家嗎？一成？」

聽到有人不停叫喚自己的名字，一成闔上了數學參考書，從椅子上站了起來。走出兩坪大的房間後，從陰暗的走廊朝土間（註1）的方向看去，一個穿著素色T恤搭配牛仔褲的少年就站在那裡。少年的肩膀又寬又厚，身高也比一成高出10公分左右。

往上梳的短髮和深邃的五官，看起來就像個大人一樣。

「什麼啊、拜託，是勇二啊！有什麼事嗎？」

一成搔搔頭，朝同班同學勇二所站的土間走去。

「我不會去田裡幫忙喔，我還得念書呢！」

「嗄？不會吧，念書？這麼珍貴的暑假耶。」

「就因為是暑假，所以更不能一直玩啊。第二學期一開始就有考試，井上老師不是說過了嗎？」

「你說那個考試啊，等到31日再臨時抱佛腳就行啦。」

「只準備一天怎麼夠啊！」

「當然夠啦。我們還只是高一生，那麼用功念書有什麼意義呢？」

勇二的嘴角向上吊起，露出奸邪的笑容。

「對了，發生一件很有趣的事喔。」

「有趣的事？」

「是啊。龍司和道子已經去集會所了，你也一起來吧！」

「為什麼我要去那裡？」

「因為你也是10幾歲的青少年啊。」

「10幾歲？10幾歲有什麼問題嗎？」

「拜託，別問那麼多了，奈津子也會去喔。」

「咦？奈津子不是人不舒服嗎？她應該躺在床上休息才對呀！」

一成睜大眼睛這麼問勇二。因為自從4天前去山裡採香菇回來之後，奈津子好像就開始不舒服，而且一直沒有踏出家門一步。雖然他去探望過幾次，可是弓子嬸嬸總是說「沒什麼」，不讓他去見奈津子。

「好像已經恢復了，早上我還看到她出來散步呢。」

「是嗎……她已經恢復啦？真是太好了。」

一成放鬆了臉頰，「呼」地嘆了一口氣。看到一成這種反應，勇二又露出奸邪的笑容。

※註1：主要出入口的過度空間，通常未鋪設任何鋪面。

「奈津子也去的話，你就沒意見了吧？」
「我、我又不是這個意思。」
「總之，你快跟我去吧，詳細的情況，到了集會所再告訴你。」
勇二抓住一成的手，硬是把他往外拉。
「好、好啦。我跟你去就是了，先讓我穿上鞋子吧。」
一成穿上運動鞋之後，走出了家門。
此時的太陽已經高高升起，院子裡桂花樹的葉子在陽光的照射下，更顯得翠綠。往遠處看去，還可以看到幾個正在葡萄田裡工作的村民身影。
——老爸現在應該在公所上班吧。
一成的視線往東邊移動。
那裡有幾間茅草屋頂的民家，再往前看去，可以看到一條狹窄的柏油路。
從那條路下山的話，就可以到父親上班的小鎮了。
勇二呼喚著停下腳步的一成。
「喂！一成，快點！再不快點的話，我要丟下你囉！」
「請便，反正我又無所謂。」
一成雖然嘴裡抱怨，卻還是繼續在狹窄的道路上走著。
抵達集會所之前，班上的三上龍司和平野道子已經在那裡等候了。他們兩個就坐在集會所前那片廣場的木材堆上。
看到一成來了，道子一派輕鬆地舉起左手打招呼。
道子穿著一件胸前印有英文字的粉紅色T恤，下半身搭配牛仔布料的短褲，曬成健康小麥色的修長美腿，完全展露無遺。
道子張開圓潤的嘴唇說：
「早安，一成。你也被勇二叫出來啦？」
「是啊。對了，他說的有趣的事情是什麼？」
「不知道耶，勇二只跟我說『到集會所集合』而已，他也跟龍司這麼說。」
道子用手指著坐在旁邊的龍司說道。
龍司吹著泡泡糖，連續點了幾個頭，呼應道子的話。
「也就是說，除了勇二之外，沒有人知道答案囉……」
看到喃喃自語的一成，勇二臉上露出了故弄玄虛的笑容。
「呵呵呵，其實，和也他也知道。」
「和也？到底是什麼事啊？」
「再等一下吧，和也會帶奈津子來……啊、他們來了。」
沿著勇二的視線看去，念小學六年級的中村和也正一面揮手一面朝這邊走來，奈津子和念中學二年級的梅田靜世則是跟在他的後面。
「奈津子，妳不要緊了嗎？」

一成跑向奈津子這麼問。奈津子尷尬地伸了一下粉紅色的舌頭。

「嗯，只是有點發燒而已，已經沒事了。倒是你，還特地跑去探望我，真的很不好意思。從那天起，我媽就變得很囉唆呢。」

「不要想太多，弓子嬸嬸本來就是那麼嚴格。」

聽到一成和奈津子的對話，站在一旁的勇二臉頰抽動了一下。

「咦？一成，你和弓子阿姨發生什麼事了嗎？」

「沒什麼啦。對了，你把我們這些10幾歲的人找來，到底有什麼事？」

「啊、對喔。這件事重要多了，因為關係著我們大家的性命呢。」

「關係著大家的性命？到底是什麼事？」

在一成的逼問下，勇二從牛仔褲的口袋裡掏出一個皺巴巴的黑色信封。

「有人把這封信，丟進我家的信箱裡了。」

「這是什麼……」

一成從勇二的手中接過那封信。信封的表面好像故意用墨汁塗黑，因為可以看出塗抹的痕跡。

「為什麼要塗成黑色的呢？」

「別管外面的樣子了，先看看信紙寫的內容吧。」

「啊、說得也是。」

一成從信封裡取出一張白色的信紙。

【這是全體居民強制參加的國王遊戲。國王的命令絕對要在今天之內達成。不允許中途棄權。命令1：10幾歲的村民要摸死人的身體。不遵從命令者，將受到吊死的懲罰。】

一成不由得喃喃自語，不知道為什麼聲音變得有點沙啞。聽起來就像在唸什麼不祥的話一樣。明明夏日的豔陽就照在自己身上，身體卻感到一股冰冷的寒氣。

「國王遊戲……」

站在一成背後偷看信件的道子也皺起眉頭說：

「國王遊戲是什麼？要我們去摸死人的身體？這太離譜了吧。」

「嗯。不過，國王到底是誰啊？」

繼道子之後，奈津子也開口說話了。

「這種事，你們問我，我也不知道啊。你們看，這字跡抖來抖去，還歪歪扭扭的。」

勇二的視線落在一成手上的信紙。

「大概是不想讓人認出是誰寫的字吧。」

「這不是勇二寫的嗎？」

一成抬起臉問勇二。

「怎麼會是我寫的嘛！」

「難講喔，你把這種惡作劇說成是有趣的事，我看你是想嚇唬大家吧？」

道子瞪著勇二說。

「才不是呢！我是想要救大家耶！」

勇二張開雙手，露出雪白的牙齒，死命地為自己辯解。

「今天沒摸屍體的話，就會被處以吊死的懲罰，大家一定要想辦法才行。」

「想辦法？有什麼辦法可想？」

一成反問勇二。

「要去哪裡摸死人的屍體！根本就沒有屍體啊！」

龍司也逼問勇二。

「不，我知道哪裡有屍體。」

「嗄？哪裡？該不會要我們去山下鎮上的殯儀館吧？」

「不需要那麼麻煩，去村子的墳場就行了，那裡有幾座無主孤墳。」

「你的意思是，要把墳墓挖開？」

「那些都是幾十年的墓了，而且是無主孤墳，應該沒有關係。」

勇二的視線移向村郊的墳場。

那個地方的地勢比集會所高出許多，四周還被山毛櫸環繞。

雜草叢生之間，可以看到幾座灰色的墓碑。

「如果這封信的內容是真的，那麼，我們不去摸屍體的話，就會被處以吊刑。一成，你也不想死對吧？」

「話、話是沒錯……」

一成支吾地回答。

「既然如此，那就去摸屍體，這樣不是比較安心嗎？」
「我看，根本就是有人想假借這封信，打發無聊的時間吧？」
「哈哈哈，這是暑假的試膽遊戲。好吧，那麼今天晚上8點，10幾歲的村民都來這裡集合吧。」
聽了勇二的話，奈津子畏畏縮縮地舉手發問：
「那個……神田家的大輝今年10歲，是不是也算10幾歲的人啊？」
「咦？大輝那小鬼才9歲吧。」
「誰說的，大輝的母親在8月2日那天有幫他辦慶生會呢。」
「啊，是嗎？這可麻煩了。總不能叫大輝晚上8點偷溜出來吧。」
「那還用說嗎！」
一成擺出一臉難以置信的表情。
「大輝是剛滿10歲的小學四年級孩子耶，怎麼能讓他參加這麼恐怖的試膽遊戲！」
「那麼，要把大輝排除在外嗎？」
「這樣不好吧。沒有摸屍體的人，要被處以吊死的懲罰耶。」
「那有什麼辦法，比起神秘的國王，我更害怕大輝的母親啊。」
勇二抖動巨大的身軀，故意表現出害怕的樣子。
「大輝的母親只要聽到跟大輝有關的事，眼神就會變得非常銳利呢。」
「誰叫你老是要大輝陪你玩那些危險的遊戲，不是放鞭炮，就是去攀岩。」

一成看著奈津子，像是在徵求她的同意。奈津子點點頭。

「好吧，那麼，這次就不要找大輝出來好了。」

「也許這樣比較好。唉，你們一開始不要找我就好了嘛。」

「不行不行，夜鳴村的伙伴有可能會死，當然要找大家一起來啊。」

「我看，勇二自己也不相信吧。」

一成這麼說，「呼」地嘆了一口氣。

看看周圍，龍司和道子兩個人依然聊得很起勁。他們大概以為國王寄的這封信，其實只是試膽的惡作劇遊戲吧。

奈津子抓著一成的衣角。

「喂，一成，真的要去摸屍體嗎？」

「嗯——雖然我也很不想摸，可是……」

一成支吾地回答。

——反正，那封信八成是勇二想嚇唬大家才寫的吧，再不然就是龍司和道子在搞鬼。說不定，是他們三個聯手要惡整大家。

儘管心裡這麼想，可是一成握在手中的那封國王的信，卻好像變得比剛才更加沉重了，一成不由得閉起雙唇。

【8月8日（星期一）晚間8點15分】

一成等人抵達村郊的墳場時，不知道從哪裡傳來了野獸的嗥叫聲。

走在一成身邊的奈津子，嚇得緊緊纏住一成的手，身體不停地發抖。

一成拿起手電筒，對著奈津子。

黑暗中，他很清楚地看見奈津子驚恐的表情。

「妳不要緊吧？奈津子？」

「嗯，只是有點嚇到而已。」

聽到奈津子這麼說，勇二忍不住發笑。他拿起手中的鏟子說：

「聽到野獸的叫聲就嚇成這樣？精彩的現在才要開始耶。」

「勇二，你真的要把墳墓挖開來嗎？」

「我們來不就是為了這個嗎？要服從國王的命令啊。試膽、試膽。」

「所謂的國王，其實就是你吧？勇二。」

「我才不是什麼國王呢，白天不是跟你們說過了嗎？」

「那會是誰？10幾歲的人都在這裡，寫信的人應該是我們其中之一吧？」

奈津子用懷疑的眼神看著龍司。

龍司趕緊搖頭否認。

「也不是我喔。勇二到我家時，我還在睡覺呢。」

「這種事情，隨便編造一下就行啦！」

奈津子說話的聲音越來越尖銳，勇二拍拍她的肩膀，想要安撫她。

「比起尋找國王，現在還是先服從命令比較好。因為再過3個小時，沒有摸屍體的人，就會被處以吊死的懲罰喔。」

勇二在墳場最靠近邊緣的一座隆起的土堆前停下腳步。

「喂，就是這裡了。一成，用手電筒照這裡。」

「喔，好。」

一成把手電筒的燈光照在那座土堆上。

土堆的周邊盡是雜草叢生，也看不到墓碑，只看到一顆大石頭。一成的喉嚨不禁發出咕嚕咕嚕的吞嚥聲。

「好，要開始挖了。」

勇二把鏟子的前端插進隆起的小山裡。

然後啪颯啪颯地鏟起土來。

「龍司，你也快挖。道子跟和也負責搬土，剩下的人待會要輪流。」

在勇二的指示下，龍司也拿起鏟子開始挖土。

潮濕泥土的香氣，隨著溫熱的風擴散到四周。

山毛櫸的葉子似乎搖得特別厲害，像是在控訴一成他們的行為一樣。

輪到挖土的一成，額頭冒出了汗珠。雖然平常他很排斥挖墳盜墓這種事，不過今天不知道為什麼，心裡卻有一股興奮感。

跟其他人一樣，道子和龍司還是不時傳來打鬧的嘻笑聲。至於奈津子和靜世，儘管百般不願意，也只能一邊抱怨一邊認命地搬土。勇二因為流了滿身大汗而把上衣脫了。

挖了好一會兒，一成的鏟子前端突然碰到堅硬的物體。是腐敗的棺蓋。

「唔……」

「啊、挖到了、挖到了。」

勇二推開臉色蒼白的一成，走近棺木，把覆蓋在上面的泥土撥開，然後隨便唸了幾句經文。

「南無南無……好了。這是國王的命令，為了活命，我們也是逼不得已才會這麼做，請原諒我們的無禮吧。」

勇二用粗實的手臂把腐朽的棺蓋抬了起來。隨著棺材上的釘子發出嘰軋嘰軋的鬆脫聲，棺蓋終於被打開了。

在手電筒燈光的照射下，一張黝黑乾癟的臉呈現在大家的面前。

躲在一成背後的奈津子不由得發出了尖叫。

屍體的皮膚還殘留在上面，眼睛的部分只見凹陷。沒有嘴唇保護的牙齒直接暴露在外，連顏色也變了。從髒衣服的領口處，隱約可以看到被乾癟的皮膚覆蓋的肋骨。

「哇啊……這具屍體是誰啊？」

打從出生以來第一次看到人類屍體的一成，忍不住全身發抖。

在場的其他人反應也一樣。剛才還在嬉鬧的道子和龍司，這會兒也閉上嘴，靜靜地低頭看著屍體。

「好、好吧，那麼，由我開始摸吧。」

勇二閉上眼睛，雙手合十。過了幾秒，他伸出顫抖的右手，觸摸死者的額頭。

「摸、摸到了！摸到了！」

看到勇二迅速地把手抽回來，道子不屑地哼了一聲。

「什麼嘛，連一秒都還不到呢。虧你個頭那麼高大，沒想到是個膽小鬼。」

「膽小鬼？那……妳敢放膽去摸嗎？」

「哼。不過就是屍體嘛，又不會咬人。」

道子爬下土穴，站到棺材前面。儘管雙眉微微地顫抖著，還是伸手摸了好幾次殘留著髮絲的屍體頭顱。

「好啦，我也安全過關啦。」

「哇，妳的膽子真的很大耶。」

「我和勇二可不一樣。好啦，接下來該誰摸啦？」

道子看著龍司說。

「我嗎？」

「反正每個人都得摸啊，還是早點摸吧。」

「哇啊——早知道就不來參加了。」

龍司顧不得丟臉，一面哀嚎一面伸出手指觸摸屍體。

「嗯——摸起來濕濕黏黏的。為什麼死了幾十年的屍體，身上還有皮啊？」

「那叫屍蠟化。就是屍體變得像蠟燭一樣。」

「你的意思是，屍體會燒起來嗎？」

「我也不知道，燒燒看就知道了。」

「別開玩笑了。喂，我也摸完了喔。」

「那麼，接下來輪到一成了。」

道子的視線投向站在身邊的一成。

「現在，高中生之中還沒有摸的，就只剩下一成和奈津子。應該男孩子先吧？」

「啊、好吧……說得也是。」

一成聲音沙啞地回答。他感到喉嚨一陣乾渴，嘴唇也澀澀的。

屍體的牙齒外露，看起來就像是在威嚇人一樣，一成的雙腳忍不住顫抖。

突然，道子從背後推了他一把。

「哇啊！」

一成的身體瞬間失去重心，整個人往前趴倒。他感覺右手濕濕黏黏的，原來是手摸到屍體凹陷的眼窩了。

「哇啊啊啊啊！」

看到一成慘叫的模樣，道子呵呵地笑了。

「你可得好好謝我喔。因為我推了你一把，你才能輕易地摸到屍體。」

「誰要妳多管閒事啊！我自己會摸！」

一成皺著臉，盯著眼前的屍體。也不知道是不是因為剛才一成的手摸到眼窩的緣故，屍體的臉好像有點變形。臉頰的部分開了一個洞，顎骨清晰可見。

奈津子一臉憂心地把手放在一成的肩膀上。

「你不要緊吧，一成？」

「嗯，還好，只是受了一點驚嚇。」

「道子，拜託妳好不好，不要再這樣惡作劇了！」

奈津子狠狠地瞪了一眼嘻笑不止的道子。

「棺木的釘子都脫落了，萬一一成受傷怎麼辦？」

「妳不是會照顧他嗎？搞不好一成心裡還在暗爽呢。」

「妳是扯到哪裡去了！」

「好啦好啦，不要一直罵我了，還是快點摸屍體吧。就在妳旁邊呢。」

「我知道！」

奈津子用手指輕輕碰觸了一下屍體。

「看到沒，這樣總行了吧！」

「哎呀，妳的膽子比一成要大多了。那麼，現在只剩下和也跟靜世了。」

被道子提到名字的靜世，嚇得臉都歪了。

「我、我才不要摸呢！」

「那可由不得妳，這是國王的命令。難道妳想被處以吊死的懲罰嗎？」

「這根本就是一場騙人的惡作劇！」

靜世皺著雙頭，大聲地叫道。

「不管怎麼樣，我要回去了。太晚回去的話，我媽會擔心的。」

靜世丟下這句話之後，就轉身跑掉了。

「好，跑掉一個了。這也不能怪她，或許對國中生來說，這遊戲是太刺激了。」

道子舔舔嘴唇說。

「那麼，只剩下念小學的和也了。如果會怕的話，可以叫你媽來陪你喔。就像小學一、二年級哭著叫媽媽、媽媽一樣。」

「少瞧不起人了！」

和也雙拳緊握，牙齒咬著下嘴唇，一步一步地走近棺木。

「我是男生，這種小事情沒什麼好怕的……」

和也說話的聲音很小，呼吸也有點混亂。他伸直了食指，觸摸了一下屍體的脖子。

「看……看到沒？我有摸到喔！」

「嗯，不錯嘛。過來給道子姊姊親一下，當作獎勵。」

「少來了，誰要跟道子玩親親。我死也不要。」

「哼，小鬼就是小鬼，根本不了解大姊姊的魅力。」

道子嘟起嘴，把手擱在胸前，擺出撩人的姿態。龍司忍不住對她吹口哨。

「道子，我也有摸屍體，給我一個獎勵的吻吧。」

「龍司是高中生，不需要給獎勵。」

「嗄！好無情喔。我本來還想說，等一下邀妳去夜遊呢。」

「真是抱歉喔，等一下我得趕回家吃晚飯了。」

看到道子和龍司兩個人打情罵俏，勇二打岔說：

「總之，國王遊戲到此結束。靜世退出，其他人全部過關。我想，這次的夏日試膽活動，應該會成為大家美好的回憶吧。」

「什麼美好的回憶，沒遭天譴就該謝天謝地啦。」

一成嘆了口氣，往棺材裡的屍體瞥了一眼。

「先別說這些了，還是快點把墳墓恢復原狀要緊。」

「我知道，已經準備好香了。」

勇二從放在旁邊的紙袋子裡取出香和火柴。

在一成等人的合力下，無主孤墳總算恢復了原狀。他們把土堆高，固定成半圓形，然後在土堆前焚香祭拜。大家合掌膜拜之後，便各自回家了。

【死亡0人、剩餘32人】

命令2

【8月9日（星期二）上午8點48分】

父親去公所上班之後，一成在土間清洗早餐用過的碗盤。

「真希望老媽早點回來。」

一成邊洗邊嘀咕著。洗到最後一個盤子時，突然聽到拉門拉開的聲音。

他轉頭往聲音的方向看去，勇二不發一語地站在拉門前面。

「喔，是勇二啊，早安。」

一成甩掉手上的水滴，走向勇二。

「今天沒辦法陪你玩，我媽住院，所以必須跟奶奶一起打掃家裡。」

仔細一看，勇二的臉色十分蒼白。

「喂，你、你怎麼啦？勇二，臉色不太好看呢。」

「靜世和大輝死了。」

「嗄……」

一成一時之間還無法理解勇二的話。

「你、你剛剛說什麼？」

「靜世和大輝死了。聽說是上吊自殺。」

「上吊……自殺？」

一陣毛骨悚然的感覺突然襲來，一成不禁全身開始顫抖，腦海裡閃過昨天國王那封信的內容。

「怎、怎麼可能，別開玩笑好不好！」

「……是真的，村子裡現在已經亂成一團啦。」

一成推開勇二，從土間跑到屋外。他看到50公尺外大輝家的門前，果然聚集了許多村民。

一成顧不得勇二在後面呼喚，直接往那個方向跑去。

來到大輝家附近，馬上就聽到女人淒厲的哭喊聲。

「百合，冷靜一點，妳要振作起來啊。」

發出哭泣聲的是大輝的母親神田百合。從窗戶往裡面看去，百合正緊緊抱著躺在棉被上的大輝。大輝的臉已經變成了紫色，脖子的部位還可以看到繩子的勒痕。精神慌亂的百合每一次發出哀嚎，大輝細瘦的雙腳就會跟著搖晃。

「這是真的嗎……」

勇二的爺爺，也就是擔任村長的田中久藏走了過來。他穿著下田工作用的連身工作服，腳上的靴子也沾著泥巴。他好像一大早就下田工作了。

「一成……你不能再靠近了。」

「久藏爺爺，大輝他真的死了嗎？」

「是啊，在房間裡上吊死亡的。好像是百合發現的。」

久藏伸手撥了撥頭上稀疏的頭髮。

「梅田家的女兒也自殺了，咱們村子裡從來沒有發生過這種事啊。」

「您是說靜世也上吊自殺了嗎？」

「是啊，他們家那裡現在也集合了很多人。」

久藏望著靜世家的方向說。

「總之，得開始著手籌備守靈和葬禮的相關事宜才行。對了，茂樹去公所上班了嗎？」

「是、是的。我爸跟平常一樣8點就出門了，不過我奶奶在家。」

「那麼，等茂樹回家之後你跟他說，叫他來我家來一趟。你奶奶那邊，就由你告訴她吧。可別讓她太激動了。」

說完，久藏感慨地搖搖頭，走進大輝的家裡。

「一成，你沒事吧？」

勇二抓住楞楞站著的一成。

「嗯……嗯……」

「這件事應該只是巧合吧。不過，真沒想到靜世會上吊自殺。」

「巧合?你說這是巧合？」

「當然是巧合啊。難道你以為是寫那封信的國王，殺死他們兩個的嗎？」

「這、這個……」

「沒錯，靜世是沒有服從國王的命令，大輝也沒有參加試膽活動。可是，就此斷定說這是國王遊戲搞的鬼，我實在是不相信。」

「當初，那封信……是投進勇二家信箱裡的吧？」

「是啊，我是在……早上7點發現的。」

「好！我們現在就去檢查你家信箱，說不定可以發現什麼蛛絲馬跡。」

一成和勇二匆匆地往勇二家的方向跑去。

「今天應該沒有吧……」

勇二的話才說到一半，突然停止了動作。

「不會吧……」

「怎麼了？勇二。」

勇二的嘴一開一合地抽動，手裡握著一個黑色的信封，伸到一成的面前。

「難道，又有信了……」

一成像是用搶的一樣，從勇二手上拿過那封信。昨天那封信因為被勇二塞在褲袋裡，所以看起來皺巴巴的，不過今天這封信一點皺褶也沒有。一成用顫抖的雙手打開信封，攤開裡面的信紙。信裡的字跡還是像蚯蚓爬行一樣歪歪扭扭的。

【這是全體居民強制參加的國王遊戲。國王的命令絕對要在今天之內達成。不允許中途棄權。命令2：活捉和村民數量一樣多的大虎頭蜂，數量不足時，將隨機選出與不足的數量相同

的村民，處以碎屍萬段的懲罰。】

「碎屍萬段的懲罰……」

一成感到全身的血液迅速變冷。昨天看到這封信的不祥預感，再度湧上心頭。看到一成不停顫抖，勇二擔心地問：

「喂，一成，信裡面寫了什麼？」

「……勇二。」

「什、什麼？」

「把昨天的人全部集合起來，我有話要跟大家說。」

一成緊握著手中的信紙。

在集會所前的廣場，一成攤開了國王的信。在場的人全部臉色發白，視線集中在一成的手上。

「這是開玩笑的吧？」

道子勻稱的雙眉皺了起來。

「靜世和大輝都死了，還要繼續玩這個惡作劇嗎？到底是誰在搞鬼？這已經不是惡作劇了，而是故意害人上吊的殺人事件啊。一定要馬上報警！犯人到底是誰？」

當現場逐漸安靜下來之際，一成開口說話了。

「村民們應該不會報警。而且，犯人並不在我們這些人之中。」

看著一成驚恐的表情，道子往前跨了一步。

「你憑什麼這麼肯定？難道這是大人做的？他們會做這種蠢事嗎？」

「這個我也不清楚。」

奈津子憂心忡忡地看著一成問道：

「會不會是村民以外的人做的？」

看著低頭不語的一成，道子開口說：

「這點更不可能，要是有外人踏進咱們夜鳴村，一定會引起注意的。我還是認為，犯人應該就是我們村裡的人。」

一成猛然抬起頭。

「犯人是……我們村裡的人？會不會是殺人犯逃到我們村子，或是有神經病躲在什麼地方……」

「現在怎麼討論也討論不出個結果。總之，我們夜鳴村本來有32人，靜世和大輝自殺之後，目前只剩下30人了。」

聽到道子的話，大家的表情變得更加凝重。一成搖搖頭，全身不停地顫抖。

「如……如果不服從這個命令的話，村裡的人全都會死……會被碎屍萬段。」

「嗄？這、這太離譜了吧，根本是不可能的事啊！」

龍司也用顫抖的聲音說。

「真的會殺人嗎？不會吧。」

「問題是，靜世和大輝都真的死了。就像國王的信寫的一樣是吊死的。」
「靜世和大輝是自殺吧！」
「自殺？你覺得靜世昨天晚上看起來像是要自殺的人嗎？不像吧？大輝也是，他才剛滿10歲啊！」
「這個……」
「我認為，國王遊戲絕對不是單純的遊戲。」
一成看著手中那封信，突然抬起頭來。
「我感覺到一股很強的氣，一股來者不善的氣……」
「既然這樣，我們還是把這封信拿給大人看比較好吧？」
龍司滿臉恐懼地說。
「不用吧，反正大人也不會相信。」
「那現在該怎麼辦？」
一成的腦子裡頓時千頭萬緒，過了好幾秒之後才開口說：
「找出犯人。我們一面找出凶手，一面服從命令——這次國王的命令和最初的不同，我們可以幫別人服從命令。所以，只要我們活捉跟村民數量一樣的大虎頭蜂，就可以安全過關了。」
「嗯，的確是這樣。」
勇二的眼神閃爍著光芒。
「既然這樣的話，那麼光靠我們幾個，應該就可以把問題解決了。」

「問題是，要怎麼活捉大虎頭蜂？而且要捉30隻耶。」

「嗯——想要捉到這麼多大虎頭蜂，必須找到牠們的蜂巢才行。」

「蜂巢？」

「找到蜂巢之後，問題才棘手呢。這次要捉的是大虎頭蜂，要是被螫到的話，可不是痛一下而已喔。」

勇二突然打了一個哆嗦，大概是想起以前被大虎頭蜂螫的經驗吧。

「那傢伙念小學的時候被螫過，之後連續發了3天的高燒。總之，大虎頭蜂真的是非常可怕的昆蟲。」

「可是還是得活捉才行啊！不然的話……」

一成用力地咬著下嘴唇。

1個小時之後，一成等人來到了矢倉山的山裡。大家手上拿著捕蟲網，一面撥開長得比人還高的野草，一面在狹窄的山路上前進。

帶頭走在前面的勇二，不停地用手帕擦拭脖子上的汗水。

「怎麼樣？一成？有看到大虎頭蜂在飛嗎？」

「沒有……連個影子都沒看到。」

一成抬起頭，望著萬里無雲的天空。太陽已經爬到正中央，一成等人的影子映照在野草叢中。他看著一隻跳過運動鞋的綠色蚱蜢，不禁嘆了一口氣。

「只有看到蚱蜢——啊、是野豬家族！」

「別管什麼野豬蚱蜢的啦，我們要找的是大虎頭蜂！不是小蜜蜂也不是長腳蜂。」

「我知道。而且一定要在太陽下山前找到才行。」

「是啊。要是天黑的話，別說是蜂巢了，連螞蟻穴都找不到吧！」

「嗯。龍司，現在幾點了？」

一成對身後的龍司這麼問。龍司看了一下戴在左手腕的手錶回答：

「嗯……已經下午1點了。」

「那麼，大概再過5個小時，太陽就要下山了，大家動作要快點。」

「說到這個，大虎頭蜂都是在哪裡築巢啊？偶爾會看到牠們和鍬形蟲一起吸樹液，卻不知道牠們的巢在哪裡呢。」

「該不會是在土裡吧？我記得好像曾經在昆蟲圖鑑看過。」

「在土裡？那要找到蜂巢就難啦！」

「如果是那樣，就只好利用誘餌，然後追蹤大虎頭蜂了。牠們應該會飛回家吧。」

一成來回看著周遭的環境。右邊是一片草原，左邊是樟樹林。不管哪一邊，都不像是大虎頭蜂會築巢的地方。剛好，這時候不知從哪裡傳來日本油蟬的叫聲，聽起來像是在嘲笑他們一般。

「可惡！要是大虎頭蜂像蟬一樣那麼容易捉就好了。」

一成鬱悶地往腳邊的雜草堆踢了一腳。這一踢，幾公尺前方的竹葉馬上颯颯颯地動了起來，一個穿著花格子襯衫的男子出現在他們面前。男子長得瘦瘦高高的，臉上戴著一副黑框眼鏡，曬黑的手上還拿著一把長長的散彈槍。

男子看到一成他們，鏡片後面的眼睛睜得好大。

「什麼，是一成？……還有勇二、龍司？你們怎麼會來這裡？」

「修平哥？」

一成叫出男子的名字。

「我們才想問你呢。我以為大人應該都去靜世或大輝的家裡幫忙了。」

「發生這種事，我這個獵人去了也幫不上忙。而且我比較在乎獵野豬的陷阱。」

「獵野豬的陷阱？」

「嗯。最近這一帶經常看到大型野豬的腳印，所以我設了陷阱，還放了我特製的誘餌。」

丸岡修平用手敲了敲掛在腰間的一只皮袋。

「我老爸是靠長年的直覺打獵，可是我習慣動腦筋來捕捉獵物。像這一袋特製的誘餌，就是我特地為野豬調配的。不過，我是不會把秘方洩漏給你們的。」

「剛才我有看到野豬家族很悠哉地在散步呢。」

「真的嗎？」

「先別說這個了，修平哥，我們想問你一件事。」

一成跑到修平的身邊。

「你知道哪裡可以找到大虎頭蜂的蜂巢嗎？」

「大虎頭蜂的蜂巢？你們找蜂巢要做什麼？吃蜂蛹嗎？」

「當然不是！總之，我們必須找到大虎頭蜂才行！」

修平用食指頂了一下眼鏡。鏡片後方的眼神閃過一道亮光。

「嗯，我也不能說是一無所知啦。」

「咦？你知道嗎？」

一成等人的神情頓時亮了起來。大家互看彼此，充滿期待地點頭。

「地點！快告訴我們地點！」

「嗯，好啊。爬上那邊的草原後，不是有個鐘乳石洞嗎？我曾經在那邊的懸崖看過一個蜂巢。我猜，那應該就是大虎頭蜂的蜂巢。」

「好！謝謝你，修平哥！」

一成等人朝著修平指的方向跑去。

【8月9日（星期二）下午2點12分】

「啊！找到了，一成！」

奈津子興奮地抬起頭，看著山崖中央處的一棵枯木。那棵枯木一片葉子也沒有，不過根部的地方有個空洞。就在那棵枯木的中間部分，可以看到一個像繡球般大小的球形蜂巢掛在那裡。

巢的附近還有幾隻約4公分長的大虎頭蜂飛來飛去。

一成的喉嚨發出咕嚕的吞嚥聲。因為蜂巢的位置，距離一成他們大約有5公尺高，要活捉那些飛行中的大虎頭蜂，可不是件容易的事。

「必須要更靠近才行……」

龍司拍拍陷入苦惱中的一成的肩膀。

「看這樣子，該輪到我上場了。」

「龍司，你有什麼好方法嗎？」

「有啊，而且是又快又簡單的方法。」

龍司從褲袋裡掏出一把折疊刀。

「我爬上山崖，用這玩意兒把蜂巢刮下來。這麼一來，就可以輕易活捉巢裡的大虎頭蜂了。」

「這樣太冒險了。要爬上山崖，還要用刀子割下蜂巢？你忘啦，旁邊有好幾隻大虎頭蜂在飛耶。」

「所以說，這是平衡感絕佳的我大顯身手的好機會啊。勇二雖然力氣大，動作卻有點遲鈍，而一成你呢，運動細胞也只是普通而已。」

「話是沒錯，可是……」

「放心吧，要是我發現情況不妙的話就會作罷。」

說完，龍司把刀子啣在嘴上，開始往山崖上爬去。一成他們憂心地抬頭往上看，有幾顆小石子剛好滾落到他們的腳邊。

大虎頭蜂發出嗡嗡翁的振翅聲，從龍司的身邊飛過。瞬間，龍司的動作暫停，一成等人的呼吸也幾乎都停了下來。

「龍司不要緊吧……」

一旁的奈津子不安地抓著一成的T恤這麼問。

「嗯，龍司的個頭雖然比較矮小，不過運動神經很發達，這種程度的山崖應該難不倒他。我們要相信龍司……」

一成的嘴上這麼說，但是緊握的拳頭卻因為發汗而變得濕黏。

——龍司，不要太勉強啊。時間還很充裕，一定要謹慎小心才行！

彷彿在回應一成的心聲般，龍司小心翼翼地移動身體。他的手抓住一塊突出的岩石，慢慢地接近大虎頭蜂巢。

不一會兒，龍司終於爬到距離蜂巢只剩1公尺的地方。停在蜂巢上面的幾隻大虎頭蜂似乎還沒有發現龍司靠近。

龍司左手拿起啣在嘴上的刀子，用刀尖刺入蜂巢的上部。

瞬間，蜂巢的開口飛出無數隻大虎頭蜂。蜂群發出嗡嗡翁的振翅聲，全部往龍司的頭上叮去。

龍司一面拼命甩動頭部，一面繼續用刀子刺入蜂巢。看到龍司的臉因為痛苦而扭曲變形，一成等人不禁大喊。

「龍司！夠了！快離開蜂巢啊！」

「是啊，快逃啊！」

「龍司，跳下來！那樣比較快！」

龍司的頭附近聚集了好幾十隻的大虎頭蜂。看到這幕景象的一成，雙手不由得冒出大片的雞皮疙瘩。

雖然一成自己沒被大虎頭蜂螫過，不過他非常清楚這有多麼可怕。他記得，曾經有個村民在田裡工作時被大虎頭蜂螫到，結果整條小腿肚全部變成黑紫色，足足休養了一個多月之久。報紙上也報導過有人被幾十隻大虎頭蜂螫了之後，就一命歸西了。

——再這樣下去，龍司很可能會被螫死的。

一成正打算爬上去幫助龍司的時候，大虎頭蜂的蜂巢從崖上滾落下來，剛好就掉在一成他們的腳邊，然後破開。成群的大虎頭蜂傾巢而出，在附近到處亂飛。

「唔！大家快散開啊！」

一成從奈津子手上搶過捕蟲網，迅速地覆蓋住破開的蜂巢。

「勇二！正在飛的那幾隻，交給你去處理！」

「好！我知道了！」

勇二揮動著捕蟲網，捕捉正在發動攻擊的大虎頭蜂。

「把在飛的那幾隻殺死吧，反正蜂巢裡面還有好幾隻。」

道子拿起準備好的殺蟲劑，朝大虎頭蜂噴去。隨著殺蟲劑的香味飄散開來，大虎頭蜂一隻隻地掉落地面。看到地上那幾隻腳還在抽動的大虎頭蜂，一成的額頭不禁冷汗直流。

多虧剛才一成快速地用捕蟲網把蜂巢蓋住，所以飛走的大虎頭蜂只有十幾隻，而且大部分都被殺蟲劑殺死了，剩下的幾隻也被勇二跟和也的捕蟲網網住。

「很好！奈津子，妳壓著捕蟲網，絕對不可以離開地面喔！」

一成說完，抬起頭看著山崖上的龍司。大概是蜂巢掉下來的緣故，龍司的周圍已經看不到大虎頭蜂了。

「龍司，你沒事吧？」

龍司沒有反應，整個人就這樣固定在岩石上動也不動。儘管如此，一成還是持續大聲呼喊他的名字。過了一會兒，龍司的頭終於微微抽動，身體慢慢地往後彎。他的頭先是向上抬起，接著整個人就從山崖上掉了下來。

「龍、龍司！」

一成雖然接住了龍司的身體，不過因為撐不住重量，兩人都倒在地上。

「龍司……」

眼前的龍司閉著眼睛，沒有反應。他的額頭和手臂可以看到好幾處被大虎頭蜂螫過的痕跡。

「怎麼會變成這樣……」

這時候，一隻大虎頭蜂從龍司的頭髮裡鑽了出來。大虎頭蜂的下顎發出喀嘰喀嘰的聲響，威嚇著一成。

「哇啊！滾、滾開！」

就在大虎頭蜂要起飛的瞬間，一成用手指甲將牠彈開。這時，匆忙趕來的道子，反應迅速地朝那隻大虎頭蜂噴灑殺蟲劑。

「一成，龍司要不要緊？」

「不知道，他完全沒有反應。」

一成感到眼眶發熱，視線開始變得模糊。

「可惡！如果爬的人是我就好了！」

「這什麼話，誰爬還不是都一樣。總之，先把龍司送去醫院要緊。」

勇二跑過來，一把抱起了龍司的身體。

「好！我來背龍司！一成，大虎頭蜂的事就交給你處理。要是錯失這個機會，龍司的辛苦就白費了。」

一成看著奈津子壓著的捕蟲網。憤怒的大虎頭蜂，不停地發出嗡嗡的振翅聲。

為了給自己加油打氣，一成用手拍拍自己的臉頰後說道：

「和也，把橡膠手套拿來。我要把大虎頭蜂抓進盒子裡。我們得快點結束這件事，然後趕下山去。」

一成抿著嘴，從和也手上接過橡膠手套戴在自己的手上。

——要盡快完成才行。快1分鐘、1秒鐘也行！

當天邊的色彩被夕陽染成了橘紅色時，一成等人才回到夜鳴村。他們告訴龍司的母親文子，龍司被大虎頭蜂螫的消息時，她臉上的表情頓時大變，然後慌慌張張地跑去翻閱電話簿，打電話聯絡熟識的醫生。在醫生趕來之前，龍司曾經短暫恢復意識，不過已經無法開口說話。

一成他們從龍司家裡被趕了出來，之後又被村長久藏叫去。

「村子裡發生了大事，你們幾個還在搞什麼鬼！」

久藏爺爺在勇二家門前，氣得對他們幾個破口大罵。

「大輝和靜世的自殺，已經讓村子裡亂成一團了，你們又去做這麼危險的事。龍司雖然撿回一命，可是需要靜養好一陣子。這都是你們的責任！」

「可是爺爺……」

勇二向久藏發出抗議。

「剛才你不是也看過國王的信了嗎？信裡面有提到大輝和靜世自殺的事！要是我們不活捉到和村民相同數量的大虎頭蜂，到時候村民之中就會有人被碎屍萬段啊！」

「你是白痴嗎！世上怎麼可能會有這種事！」
怒氣未消的久藏，來回看著一成他們。
「爺爺！難道你懷疑信是我們寫的？」
「就算不是你們寫的，也不該把它當真啊！什麼國王遊戲……」
「可是如果真的有國王，若不趕緊想辦法解決的話，到時候就無法挽回了！」
「別再說啦！明天就是大輝和靜世的守靈之夜，你們幾個都給我去幫忙。」
久藏推開勇二高大的身體，往靜世家的方向走去。
「可惡！為什麼爺爺就是不肯相信我們呢！」
一成看著咬著嘴唇，滿腹委屈的勇二說：
「這也是沒有辦法的事──總之，我先去看著村民，加強戒備。」
「國王現在一定躲在什麼地方監視我們。」
「不知道龍司要不要緊？」
奈津子一臉擔憂地轉頭看著龍司家的方向。
「他被那麼多隻大虎頭蜂螫到，而且大部分都螫在頭部……」
「比起從崖上把蜂巢割下來，應該還有更好的辦法才對……」
「是啊。比方說拿大塑膠袋從下面套上去，就能一口氣把蜂巢弄下來了……」
「既然知道有這個方法，為什麼之前不早說呢！」
一成張開眼睛瞪著奈津子。

「對、對不起，我也是現在才想到啊。一成，你說，我們的決定是正確的嗎？現在龍司傷成這樣……」

一成沉默不語，悔恨地咬著牙。打從一開始他就有預感，國王遊戲並不是單純的惡作劇。因為當他看到那封信的時候，心裡就湧起一股強烈的不安。之後發生靜世和大輝自殺的事件，讓他更加確定這一切並非巧合。

可是，也就是因為自己相信這個預感，所以把大家全部拖下水，如今還害龍司受了重傷。

——我是不是錯了？國王那封信真的只是惡作劇嗎？如果是這樣，那就是我害了龍司……

看到一成陷入沉默，道子敲了敲他的頭說道：

「現在後悔也來不及了。龍司受重傷這件事雖然令人遺憾，不過我認為我們的決定是對的。」

「是嗎……是對的嗎？」

「這個時候我們也只能相信自己的決定是對的。就算是錯的也一樣。」

道子圓潤的雙唇，妖豔地往上噘起。

「嗯，如果你對龍司感到抱歉，就去親他一下吧。之前我們去摸屍體的時候，他不是在索吻嗎？」

「他要的是道子妳的吻吧？男生跟男生怎麼接吻啊！」

道子的玩笑，讓一成的心情稍稍平復了些。

「說得也是。就算我們在這裡想破了頭，龍司的傷也不會好。」

「就是說嘛。對了，抓來的大虎頭蜂有保管好嗎？」

「嗯，我把牠們暫時放在家裡的儲藏室，過了今天晚上12點就會放牠們回去。這樣就算服從命令了吧。」

「是啊，我也覺得今天去抓大虎頭蜂是對的。話說回來……」

「咦？妳在擔心什麼嗎？」

「我在想，國王到底是用什麼方法確認我們有沒有服從命令呢？」

道子勻稱的雙眉皺了起來。

「有沒有抓到大虎頭蜂的這件事，只有我們幾個知道不是嗎？啊，不過剛才有跟久藏村長說了。」

「妳說得很有道理。在第一道命令的時候，國王是怎麼知道靜世沒有摸到屍體的呢……」

「只有兩個可能性。一個是國王就躲在墳場附近，偷偷監視我們。」

「那另外一個呢？」

「……國王就在我們其中。」

聽到道子這麼說，一成咕嚕地嚥下了口水。

【8月10日（星期三）午夜0點7分】

一成確認了好幾次牆上時鐘的指針之後，走到院子。寒涼的夜風從一成的身上吹過，樹木的葉子也被吹得沙沙作響。弓形的月亮高掛在夜空，散放出柔和的月光。

藉著月亮的光線，一成打開了儲藏室的門。裝在盒子裡的大虎頭蜂可能也發現到空氣的流動，發出了振翅的聲音。

「現在就放你們飛走，千萬不要螫我啊。」

一成拿起盒子，大虎頭蜂發出的嗡嗡聲越來越大。把盒子放在楊梅樹下打開盒蓋後，一成趕緊跑開。大虎頭蜂沒有攻擊一成，而是消失在黑夜之中。

「好，這樣應該就完成了吧。」

一成「呼」地嘆了一口氣後，凝視著籠罩在月光下的村子。平常這個時候，家家戶戶的燈光都已經熄滅了，不過今晚大概是為了給靜世和大輝守靈，所以很多人家的燈光還是亮著。

大輝家的門前，依稀可見來回走動的人影。

「大輝……靜世……」

一成呼喚著他們兩人的名字。

靜世比一成小2歲，脾氣有點驕縱。大輝年紀還小，不過很尊敬一成，每次見到一成，總會叫他『一成哥哥』。想起這兩個人的身影，一成感到眼眶又開始濕熱了。

一成用右手擦掉堆積在眼眶裡的淚水。

隔天早上，一成被雞鳴的聲音吵醒。他從棉被裡看了一下擺在桌上的鬧鐘，指針指著5點17分。

「……好像太早起了……」

從棉被裡爬出來後，一成搖搖晃晃地走去打開窗戶，讓清晨新鮮的空氣流進房間裡。此時，太陽尚未升起，天色還有點黯淡，外面也看不到半個人影。

突然間，一成看到粉紅色的物體。就在隔著道路的那戶人家院子裡。看起來像是掉落在地上的一團肉。

「那是……什麼東西？」

一成走出房間，往土間走去。為了避免吵醒父親和奶奶，他靜靜地拉開門，走到外面。他小跑步穿越狹小的道路，來到鄰居武田幸子家的院子。幸子今年74歲，是個獨居老人。雖然背駝了，不過腳力還很強健，白天都會到住家附近的田裡工作。

「這個時間，幸子奶奶應該還在睡覺吧。」

放養在院子裡的雞發現一成，拍動著翅膀逃開了。

「這些小傢伙一大早就這麼有活力……不過，剛才那團粉紅色的東西在哪裡……」

一成查看了一下四周，終於發現他在找的那個物體了。乍看之下，那團東西像是擺在肉攤上的一堆絞肉。

可是，肉和肉之間卻夾著衣服，而且還不斷流出紅黑色的液體，在周邊積成一灘水。

「咦？這是什麼……」

一成把臉靠過去看。那堆碎肉中居然有個眼球也在看著自己。

「哇……」

一成的思緒中斷了。他直楞楞地盯著那顆眼球，嘴巴被嚇得張了開來。那顆眼球已經變得渾濁不堪，肉團的周圍也散落著點點白色顆粒狀的東西。當他意識到那是人類的牙齒之後，臉上的血色幾乎褪去。

「啊……啊啊……啊……」

一成的牙齒無法控制，喀喀喀地相互撞擊，雙腳無力地跪倒在地。

「這……這是人……人肉……為、為什麼……」

一成的手腳慌亂地扒著，拼了命地跑離那堆碎肉。堆積的淚水讓眼前的光景變得一片模糊。

——為什麼幸子奶奶家的院子，會有那種東西……難道那是幸子奶奶？

這樣的猜測，讓一成不由得感到一陣毛骨悚然。

「怎……怎麼可能。我們已經服從國王的命令了不是嗎，為什麼還……」

一成用顫抖的雙腳跑回自家的院子，重新確認放在楊梅樹下的那個捕蟲盒子。

他在盒子裡發現了3隻大虎頭蜂的屍體。每一隻的手腳都斷了，翅膀也嚴重破損，大概是被關進狹窄的地方，所以自相殘殺吧。

「難道……昨天就死了嗎……」

一成回想起國王信件的內容。

——要在午夜12點以前活捉大虎頭蜂。可是在此之前，已經死了3隻……

「3隻……這麼說，還有2個人會被剁成碎肉……」

一成的額頭上冒出大量的汗水。

臉色蒼白的一成，趕緊搖醒還在睡夢中的父親本多茂樹，告訴他『鄰居家的院子裡有人類的屍體』，可是茂樹卻不相信。一成硬拉著還在打哈欠的茂樹到屋外，帶他去看鄰家院子裡的那堆碎肉。瞬間，茂樹的臉色發白。

一成聽從茂樹的指示先跑回家，把拉門上鎖。他從起居室的窗戶往外看去，穿著睡衣的茂樹正心急如焚地向村人們說明。看到奈津子也在人群中，一成整個人虛脫地跪了下來。

「太好了，奈津子平安無事。」

不過，才剛放鬆下來的一成，臉上的表情馬上又轉為僵硬。他像個故障的人偶，不自然地轉動脖子，朝奶奶本多梅的房間看去。

「難道……」

一成用力打開起居室隔壁阿梅房間的紙門。阿梅正蓋著棉被睡覺，還發出呼吸的聲音。

「太好了，奶奶平安無事。」

為了不吵醒阿梅，一成輕輕地關上紙門，往土間走去。

——勇二、龍司、道子、和也……拜託，大家一定要平安無事啊！

一成的手冒著冷汗，打開了拉門的鎖。

「在這種情況下，我實在無法待在家裡！一定要親眼去看個究竟才行。」

深呼吸了一口氣後，一成毅然地往外面跑去。

【死亡5人、剩餘27人】

命令3

【8月10日（星期三）上午8點24分】

集會所的大廳裡，村長久藏語重心長地開口說道：

「我想，大家應該都知道了吧。武田幸子、富長美知子、齋藤高志已經死了。」

此話一出，現場的村民們開始議論紛紛。修平的父親，以獵人為業的丸岡浩司忿忿地拿下嘴裡的菸，捻熄在長桌上的菸灰缸裡。

「村長，雖然目前情況還不明朗，不過他們幾個應該不是病死的吧？美知子奶奶和幸子奶奶兩人年紀的確很大了，可是高志比我小10歲，今年才41歲，應該還不到病死的年紀吧。」

「是啊……應該不是生病……因為……唉……」

一想到他們三個人的死狀，久藏的臉不由得皺了起來，額頭上也不斷冒出汗珠。

「總之，警察就快趕到了。在此之前，全部的人都不可以離開村子。」

「那個……爺爺。」

勇二的姊姊田中早苗向爺爺久藏提出問題：

「靜世和大輝的守靈事宜該怎麼辦？那邊的事也得解決啊！」

「嗯……對，妳說得沒錯。守靈的事情就麻煩弓子和佳惠處理吧。早苗，妳也去幫忙。」

「好……我知道了。」

早苗臉色蒼白地點頭。
「話說回來，為什麼會發生這種事呢？勇二有跟我說過國王遊戲……」
「國王遊戲？啊，妳是說那封信嗎？」
久藏瞪著一成他們說：
「不過……我不認為那個遊戲會害死三條人命。」
「爺爺！還有靜世和大輝啊！」
勇二像在大吼一樣地說。
「您應該知道，那封信並不是惡作劇！不服從國王的命令就會有人死去啊！」
「世上怎麼可能有這麼荒唐的事……」
沉默不語的久藏身邊，聚集了其他村民。
「村長，什麼國王遊戲？勇二他們是不是知道什麼？」
「靜世和大輝是自殺的吧？」
「喂，勇二，你們跟大家好好地解釋清楚吧！」
就在大廳裡亂成一團的時候，外面傳來了警笛聲。
久藏的視線移往停在集會所前方廣場的警車。
「總之，這件事情就交給警察處理吧。包括國王寫的信……」
一成和勇二被叫到大廳旁一間兩坪大的房間裡。一名身穿白襯衫、打著領帶，體型微胖的中年男子坐在久藏村長的旁邊。男子粗厚的眉毛不自然往下彎，露出勉強的笑容。
「你們兩個叫本多一成和田中勇二是吧？我是吉田北署的堂島，請多指教。」
男子用曬黑的胖手，拿出警察證件給他們看。
「剛才村長拿國王的信給我看了。聽說是你們兩個發現的？」
「是、是的。第一封是勇二發現的，第二封是我們一起發現的。」
一成挺直了背這麼回答。
「第一封信是投進勇二家裡的信箱……沒錯吧？」
「是的，沒有錯。」
「嗯。那麼，勇二是什麼時候發現第一封信的？」
「這個……呃……我記得是8日早上7點左右吧……嗯，應該是。」
勇二回答的時候神情頗為緊張。
「第二封是9日早上9點左右對吧？一成？」
「是的，大概是那個時間。至於是何時投進去的，我就不知道了。」
「那麼，你們今天去看過信箱了嗎？」
「看過了……什麼也沒有。」
「這樣啊……這麼說，你們還沒有發現第三封是嗎……」
「第三封？難道在信箱裡發現了第三封嗎？」
「是的。我們去檢查每一家的信箱，結果在丸岡家的信箱發現了這個。」

堂島拿出兩張信紙給一成和勇二看。

「這是第三封信的內容。真的信件已經送去進行鑑定了，這是我叫部屬抄寫下來的。」

一成把折起來的信紙攤開。

【這是全體居民強制參加的國王遊戲。國王的命令絕對要在今天之內達成。不允許中途棄權。命令3：在集會所前升起火堆，然後把10萬圓紙鈔扔進去。不遵從命令者，將受到心臟麻痺的懲罰。】

「心臟麻痺……」

「是的，這次的懲罰好像是心臟麻痺。我認為這太離譜了。」

堂島從一成和勇二手中把信紙拿回來後，又繼續說：

「要讓人心臟麻痺而死，就表示要用毒藥毒死人吧。我已經把信件的內容告知夜鳴村全體居民了，所以大家不會去食用可疑的食物和飲水。」

「可是，國王真的執行了信件的內容，在現實生活中殺了5個人。這件事該怎麼解釋呢？」

「嗯……一成，你認為梅田靜世和神田大輝並不是自殺，而是被國王殺死的是嗎？」

「是的……我是這麼認為的。」

一成用堅定的眼神看著堂島回答。

「因為靜世和大輝根本沒有自殺的理由，而且在第一次命令時，10幾歲的人之中，沒有摸到屍體的人就只有靜世和大輝。」

「他們兩人的房間窗戶好像是打開的。說不定是有人潛入裡面故佈疑陣，弄成像是上吊自殺的樣子，這也不是不可能啊。」

「……堂島先生，這是人類會犯下的罪行嗎？」

「嗯？你這麼說是什麼意思？」

「我……我看到幸子奶奶的屍體了。她的骨頭都被剁碎了，幾乎認不出是人的屍體。你認為人類可能做出那種事嗎？」

「雖然我們尚未做進一步的分析，不過我認為並非不可能，問題在於時間。犯人哪來那麼多時間，可以在一夜之間把3個人剁成肉醬……」

堂島發出低吟的聲音，粗壯的手臂環抱在胸前。

「不管怎麼說，至少還有信件。我想那應該是犯人寫的沒錯。儘管字跡故意寫得很潦草，不過可以確定的是兇手是人。如果是咒術或鬼怪，應該做不到這種事吧？」

「說得也是，不過……」

「總之，這件事的確很不尋常。夜鳴村這麼小，如果是外人潛進來，應該很快就會被發現才對。」

「那麼，你認為犯人是村民嗎？」

「不，我不敢這樣斷言。也有可能是外來者在殺了人之後，逃到山裡去躲起來了。」

「逃到山裡……」

「如果是這樣，那麼你們的處境非常危險。因為從信件的內容可以確定，犯人是衝著夜鳴村而來的。」

「可是，只要服從國王的命令就不會被殺了。所以只要我們繼續服從命令，應該就沒事了吧？」

聽到一成這麼說，堂島的眉頭抽動了一下。

「嗯，目前還是服從犯人的要求比較好。我們警方會從旁協助你們的。」

「謝、謝謝。」

「現在最重要的，就是不要再有人無辜犧牲了。本來我們是希望全村的人都去避難，可是這個方法好像行不通。」

堂島說完後，坐在旁邊的久藏接著說下去。

「因為大部分的村民要下田幹活，躲個１、２天還無所謂，可是，無法決定日期的話，大家是沒辦法去避難的。」

「在找到犯人之前，我們會一直駐守在這裡，請大家安心。我想，應該是不會再出人命了。」

堂島露出雪白的牙齒笑著說。

【8月10日（星期三）上午9點15分】

一成和勇二走到集會所外面，奈津子和道子馬上就跑了過來。

「一成，你們被警察叫去問話了是嗎？沒事吧？」

奈津子抬起頭，焦急地問一成。

「是啊，警察找我們兩個去問關於國王信件的事。因為最初是我和勇二兩個人發現的。」

「沒事就好。因為道子說了一些奇怪的話，害我擔心得要命。」

「奇怪的話？」

一成看著站在奈津子身旁的道子這麼問。

「妳說了什麼奇怪的話？道子？」

「我只是說，你們兩個可能被警方列為嫌犯……」

道子刻意壓低音量，避免被在附近巡邏的警察聽到。

「列為嫌犯？」

勇二不敢置信地張開嘴。

「為什麼我和一成會被列為嫌犯？我們只是發現了國王的信而已耶！」

「這就是可疑之處啊。誰知道究竟是你們發現的，還是你們假裝發現的？」

「道子，妳該不會也懷疑是我們在搞鬼吧？」

道子沒有馬上回答，而是交互看著一成和勇二，眼神閃爍著冰冷的光線。

「嗯……我認為你們是國王的機率有9成。」
「9成?那剩下的1成是誰?」
勇二瞪大眼睛，訝異地看著道子問。
「人本來就不可能完全相信別人啊。而且，警察一定比我更懷疑你們兩個。」
聽到道子這麼說，一成突然「啊」地叫了一聲。
「嗯?你怎麼啦，一成?」
勇二看著一成的臉問。
「剛才的信!就是寫有國王信件內容的信紙啊!」
「信紙怎麼了?」
「我猜……警方是為了採集我們的指紋，所以才分成兩張。就是我和勇二你兩個人。」
「啊……」
「那個警察表面上帶著微笑，事實上根本是在懷疑我們。」
看著緊咬嘴唇的一成，道子的嘴角往上揚起。
「瞧，我說的沒錯吧。你們兩個被列為這次殺人事件的嫌犯啦。」
「我不是國王!勇二也不可能是!」
「那你說誰是國王啊?」
「這、這個……我想，村民之中應該沒有國王。不、一定不是村民。」
一成堅定地說。

「我不認為我們所認識的人裡面，有人會做出這種泯滅人性的事！再怎麼說，大家都是一起生活在這個村子裡的伙伴啊！」

「可是，外面的人有什麼理由找我們夜鳴村的麻煩？如果只是隨機殺人，找別的村子下手也一樣啊。」

「請聽我說……」

奈津子像是急著替一成解圍似地插嘴說道：

「找出國王是警察的事情。眼前，我們應該煩惱的是國王這次的命令。」

「說得也是，這次的命令是『把10萬圓紙鈔燒掉』對吧。」

一成看著奈津子說。

「嗯，我媽已經去鎮上的銀行領錢了，其他人應該也去了吧。」

「我們家好像是跟警察借錢。」

道子嘆了口氣說：

「自從我媽去世後，我爸成天喝酒賭博，根本沒有積蓄。有那樣的老爸真衰。」

「是嗎……幸好警察願意借錢。我想人數多的家庭現在一定很煩惱。」

「嗯。國王的信裡面說全部的人都要參加，意思好像跟第一封信一樣，是指那個時間點住在夜鳴村的人。意思就是說，一成家包括父親和阿梅奶奶在內一共是3人，所以要30萬圓。勇二家的話，因為爸媽出外賺錢，而村長太太伊奈美奶奶去年也罹癌去世了，所以……也是30萬圓。」

「這可不是小數目，我們高中生根本賺不到這麼多錢啊。」

「而且還要燒掉，真是糟蹋。」

「這也沒辦法啊，總比死掉好吧。」

這時候一輛輕型卡車駛過一成等人面前，後面的貨斗上還放著棉被和好幾個紙箱，開車的是一名年輕的男性駕駛。一成忍不住開口說：

「咦？那不是雄一嗎？」

原來那名駕駛是附近經營木材行的近藤雄一，坐在旁邊的是她的妻子美千代。

「雄一先生也要去領錢嗎？」

「啊……他們好像要離開村子了。」

奈津子盯著那輛小卡車說。

「美千代說過她很害怕，要先去借住在親戚家裡，木材行也要暫時關門。」

「是嗎……這樣啊……」

「可是，打算離開村子的也只有他們，其他人還有工作，而且警察也來駐守，所以大家都放心許多。」

「說不定，大家跑去避難比較好……」

小卡車揚起塵土，逐漸遠離了夜鳴村，那副光景看了真教人不勝唏噓。

對於在夜鳴村長大的一成而言，村民們就像是家人一樣，平常見面都會打招呼閒話家常。

雖然最近大家因為他和奈津子走太近的事，說了他們幾句，但一成還是很喜歡村裡的人。

「真希望能夠早點恢復往日的生活……」

一成喃喃地說，一旁的奈津子和道子默默地點頭。

【8月10日（星期三）晚間9點30分】

一成和父親茂樹、奶奶阿梅，各自拿著裝有10萬圓紙鈔的信封來到集會所，許多村民早已經在那裡等待了。堆放在廣場中央的木材也燃燒著橘紅色的火焰，好幾名穿制服的警察，用銳利的眼神巡視著廣場的四周。

一成神情凝重地問茂樹：

「爸，真的要把錢燒掉嗎？」

「是啊……全村的人都決定這麼做。因為你們的命比金錢貴重多了。」

在火光的照射下，茂樹的臉看起來比平常柔和許多。

「關於錢的事情，你不用擔心。」

「爸……」

「來吧，把它們燒了。留在手上越久，就越捨不得燒啊。」

茂樹面帶微笑地把裝了錢的信封丟進火堆裡。火舌發出啪嘰啪嘰的聲音，一眨眼就把信封完全吞沒了。茂樹丟完之後，一成和阿梅也跟著把手上的信封丟入。信封口跑出幾張紙鈔，上面的聖德太子像瞬間變成了黑色。

一成緊緊地握住雙拳，眼睛凝視著快速燒成灰燼的紙鈔。

——國王在想什麼呢？做這些事情到底有什麼意義？難道，他對夜鳴村有什麼怨恨嗎？

在火堆面前陷入沉思的一成，肩膀突然被拍了一下。回頭看去，獵人修平就站在那裡。

「聖德太子的火葬典禮結束了嗎？」

「啊、修平哥，我們家的已經全部燒完了。你們家呢？」

「我們的也燒完了。我本來還打算下個月25號生日那天，要買一把新型的散彈槍呢。」

說著，修平又咚咚咚地敲了敲眼鏡架。

「還有一副備用的眼鏡，不過現在都泡湯啦。」

「其他人也都燒了嗎？」

「大部分都燒了。剛才龍司和他媽一起來，把一疊萬圓鈔票投進火堆裡了。」

「龍司？他已經能走路了嗎……」

「不過走起路來還有點搖搖晃晃的，要完全恢復的話，還得等一段時間。」

一成安心地撫著胸部。

「是嗎……龍司可以走動了……真是太好了。」

「是嗎……這樣啊……」

「總之，以後你們不准再做那麼冒險的事了。」

修平伸出右手的食指，輕輕地叩了一下一成的額頭。

「那麼……一成家的人也燒完了，那就只剩下工藤妙奶奶了。」

「妙奶奶……？她的脾氣很頑固呢。」

「這也不能怪她，一直以來她都是過著獨居的生活啊。妙奶奶好像把國王遊戲當作是小孩子的惡作劇呢。」

「惡作劇？都已經鬧出人命了耶！」

「我還聽說，妙奶奶打從心底認為這件事和國王的信無關……」

修平指著廣場的入口。穿著工作褲的工藤妙奶奶正蹣跚地走向火堆，滿不在乎地把信封丟進火堆中，嘴裡還不停嘀咕著。

看到這幅光景，修平聳聳肩說：

「工藤奶奶終究還是得服從國王的命令啊。」

「我覺得這樣比較好。萬一沒有把錢燒了的話……」

「會被處以心臟麻痺的懲罰……？雖然我也把錢燒了，可是我認為，就算不燒應該也沒關係才對。這裡的警察這麼多，總不會有人再被殺吧？」

「我也是這麼想，不過……」

一成緊閉著嘴唇，凝視著在夜空中熊熊燃燒的火焰。

【8月10日（星期三）晚間11點55分】

「只剩下5分鐘了……」

一成喃喃自語著。此時，背後突然傳來粗野的呼喚聲。

「一成，你還留在這裡嗎？」

聲音的來源是堂島刑警。堂島搔了搔黑白摻雜的頭髮，眼神銳利地看著一成。

「這麼晚了，未成年的你還在外面逗留，這樣不太好吧。」

一成默不作聲地瞪著堂島。

「你怎麼啦？今天早上我們不是才談過話嗎？」

「堂島先生，你是不是在懷疑我和勇二？」

「咦？為什麼你會這麼想？」

「那個時候，你把信紙分別遞給我和勇二，其實是為了採集指紋吧？」

堂島像是被抓包了一樣，敲敲自己的頭說：

「哎呀，你發現啦？你的腦袋挺聰明的嘛。」

「……現在你也是在監視我吧？」

「嗯……為了避免誤會，我必須跟你說明，其實我們監視的人不只你一個。今天早上，我還下令要監視幾個村民呢。啊，這件事請你務必要保密。我只跟你一個人說而已。」

「你不認為殺人凶手，可能是村子外面的人嗎？」

「當然，我也考慮過這個可能性。我們警方採取行動的時候都會做多方面的考慮。我會懷疑你也是不得已的，請你多多體諒。」

堂島雙手抱在胸前，絲毫看不出愧疚之意。

「老實說，我們也是傷透了腦筋。到目前為止還無法確定凶器，國王的信又檢查不出其他人的指紋。更讓人想不通的是，為什麼那3個人會被殺死。從這次命令的內容看來，我原以為嫌犯的目的是錢，可是你也看到了，錢都燒成灰燼了。」

「也就是說，警方無法抓到犯人對吧？」

「哈哈，那怎麼可能，只是要花多一點時間而已。我們不會就這樣投降的，不管犯人是夜鳴村的村民，還是外來的人，我們遲早都會逮住他。」

堂島自信滿滿地笑著說，然後看了一眼戴在粗壯手腕上的手錶。

「看來……似乎已經過12點了，我本來以為對方會採取什麼行動，可是現在這種情況，好像也不能做什麼……」

這時候，集會廣場前傳來女人說話的聲音。

「你瞧，村長，我說得沒錯吧。」

一成和堂島朝聲音的方向看去，工藤妙奶奶正在和村長談話。

「把錢燒掉的人是大笨蛋，居然被惡作劇耍得團團轉。」

「可是，萬一真的發生事情就來不及了，村民的性命還是比較重要啊。」

久藏不同意妙奶奶的話。

「妙奶奶是一個人，或許不了解，可是其他人是有家人的。像我，總不能讓我可愛的孫子勇二和早苗冒這種生命危險吧。在我兒子媳婦回鄉之前，我要代替他們好好照顧這兩個孩子才行。」

「既然你那麼疼愛你孫子，就應該拿燒掉的錢，去買新衣服給他們才對啊。」

妙奶奶不屑地這麼說。張開的嘴裡還可以看到幾顆銀牙。

「村長應該多替村民著想。因為這點小事就弄得全村雞飛狗跳，真是丟臉。」

「可是，妙奶奶最後還不是把錢燒了。」

「我才不會傻到把錢燒了呢，我只是把空信封丟進火裡而已。」

妙奶奶此話一出，廣場上的人開始議論紛紛，站在一成旁邊的堂島趕緊跑到妙奶奶身邊。

「工藤奶奶，這是怎麼回事？剛才我問妳的時候，妳不是說把錢燒了嗎？」

「那種糟蹋金錢的事怎麼能做呢。我是懶得聽你們囉唆，所以才騙你們的。」

「唉……您這麼做，會讓我們很困擾啊……」

堂島咬緊牙關，露出一臉苦惱的表情。

「犯人很可能會挑上您啊。」

「保護我的安全，不是你們警察的工作嗎？」

「這個……話是沒錯，可是……」

「只要你們警方留在我們村子裡就行了，這樣犯人一定會嚇跑的。」

「可是，我們又不可能一直駐守在這個村子……」

「我們也很煩惱啊，所以拜託你們，快點把犯人找……出來……」

工藤妙話說到一半，突然停頓了一下，細小的眼睛瞪得大大的。

「找……出來……」

「工藤……奶奶……」

「來……」

工藤妙口吐透明的液體，然後整個人向後傾倒，嘴巴還像金魚般一開一合地動著。此時，有人傳出尖叫聲。

「妙奶奶！」

一成推開楞住的堂島，跑向工藤妙。工藤妙兩眼張得大大的，嘴唇發紫。抽搐了幾下之後，便看到舌頭從她口中垂了下來。

「醫生！快叫醫生來啊！」

堂島在他們後面大聲下令。一成的臉完全失去了血色，眼睛直直地看著倒在地上的工藤妙。她的眼睛沒再眨過，眼球充血，而且已經沒有了呼吸，看樣子應該是斷氣了。

「為什麼……剛才明明還好好的，怎麼話說到一半就……」

「喂，你先到一邊去！」

一名白衣男子把耳朵貼近工藤妙的嘴，確認她是不是還有呼吸。男子神情嚴肅地把手放在她的胸口，進行心臟按摩。在一旁圍觀的村民也不斷地呼喚阿妙的名字。

一成踉蹌地往後退，重新調整慌亂的呼吸。

——為什麼？國王是用什麼方法殺死妙奶奶的？妙奶奶沒燒掉10萬圓的事情，是她剛剛才說的啊！而且我們都看著她，國王是怎麼辦到的……

一成看了一下四周，發現奈津子站在廣場的角落。奈津子的嘴巴半開，兩眼無神地望著廣場中央的火堆。

一成朝奈津子跑了過去。

「奈津子……妳不要緊吧？」

「……」

「奈津子？喂！」

一成抓著奈津子的肩膀搖了幾下之後，奈津子才慢慢地回過神。

「啊……一成……」

「不要緊吧？妳剛才看起來失魂落魄的……」

「啊、我……我沒事。」

奈津子露出不自然的笑容。

「對了，發生什麼事了？大家為什麼鬧哄哄的？」

「妙奶奶倒下去了。」

「妙奶奶？那、那她要不要緊？」

一成無言地搖搖頭。

「應該是……沒救了。真的很遺憾……」

「怎……怎麼會這樣……」

奈津子幾乎就要昏倒，一成趕緊伸出雙手扶著她。

一成看著周圍，堂島正在怒斥一名看似部屬的警察。粗厚的雙眉皺在一起，神情已經不像剛才那樣充滿自信。

「警察也阻擋不了國王嗎……這樣的話，是不是又會……」

一成的話說到一半，突然停下來，然後像個故障的人偶一般僵硬地轉動脖子，往廣場附近的幾間民宅看去。民宅周邊沒有人，誰也沒有注意到那裡。

「奈津子……妳先在這裡等一下。」

一成離開奈津子，以小跑步朝民宅的方向跑去，然後檢查每一家的信箱。

「這不是……真的吧……」

看了其中一家的信箱之後，一成楞住了。那間民宅是他最熟悉的地方，因為那裡是……一成自己的家。

【死亡1人、剩餘26人】

命令4

【8月11日（星期四）午夜0點54分】

【這是全體居民強制參加的國王遊戲。國王的命令絕對要在今天之內達成。不允許中途棄權。命令4：由本多一成指定一位自己以外的村民，被指定的人將遭受斬首的懲罰。若不服從命令，村裡的所有人都將遭受斬首的懲罰。】

「這也太巧了，這封信居然會投進一成家的信箱……」

在集會所的大廳裡，堂島不耐煩地抓著頭。一成的父親茂樹聽到他的話，忍不住往榻榻米上的長桌拍下去。

「你這麼說太奇怪了吧，難不成你懷疑我兒子是國王嗎？」

「不……我不是這個意思。」

「那就請更正你的說法。全村大部分的人都在這裡，請你當大家的面說清楚。」

「爸，算了啦。」

一成把手放在雙拳緊握的父親肩膀上，想要安撫他。

「堂島先生的工作，本來就是要懷疑別人啊。」

「嗯……老實說，我也認為一成是犯人的可能性很低。」

堂島直截了當地說。

「其實，剛才我收到近藤雄一和近藤美千代猝死的報告了。」
「嗄？雄一和美千代猝死？」
「是的，心肌梗塞的可能性很高。也就是心臟痲痺。」
「這……這不是真的吧？為什麼他們2個人……」
村民們又騷動了起來。
「各位，我想大家都知道，剛才沒有燒錢的人，是工藤妙和住在村子郊外的近藤雄一和美千代夫妻，一共三個人。可是，他們死亡的地點相距非常遠，換句話說，國王很可能不只一人。」
「不只一人……」
一成用沙啞的聲音低語著。
「話雖如此，還是有疑點啊。就算真的有幾個人聯手，暗地裡密謀殺人，可是他們是如何知道誰沒有服從命令的呢？離開村子去避難的近藤夫妻，他們沒有燒錢，這點雖然不難理解，可是工藤妙奶奶沒有把錢丟進火堆裡的事，是在她死前才說的不是嗎？」
「現在先不管這些了！」
突然間，道子的父親平野篤志大喊：
「眼前的重點是這次的命令！警察打算怎麼辦？要讓一成指名嗎？或是，不服從命令呢？」
「這個……」

堂島拿出手帕，擦拭著額頭上不斷冒出來的汗珠。

「一定要在今天逮捕到犯人才行……」

「可能嗎?我們不像你們那麼悠閒，這件事關係到我們的性命啊!連逃離村子的雄一和美千代都被殺死了，可見犯人的力量就跟惡魔一樣強大。」

村民的視線不約而同地集中在一成身上。

如果一成真的指名的話，那個人極有可能會被殺死。

「一成，現在怎麼辦?你打算要指名誰?」

「這……這我辦不到。被我指名的人會死啊!」

一成拚命地搖頭拒絕。

「可是你不指名的話，全村的人都會被斬首。到頭來還不是有人會死!」

「唔……」

一成感到一陣反胃，趕緊用手摀住嘴。

——為什麼是我……?我根本無法選擇啊!被我選中的人會死不是嗎?

「啊、等一下。」

堂島的雙手砰砰砰地互相敲擊。

「反正還有23個小時，太早指名的話，犯人反而容易鎖定目標。我認為最後一刻再指名比較好。」

「我非得選出一個人才行嗎?」

一成全身顫抖地問堂島。

「在此之前，我們一定會盡全力緝捕凶嫌的。我答應大家，就算到時候抓不到犯人，警方也會盡一切力量保護那個被指名的人。我們已經決定增派人手，其他縣市的警察很快就會來支援的。」

此時，大廳的門突然被打開，堂島的一名年輕部屬跑了進來。

「堂島前輩，電視台記者來了，他們吵著要採訪堂島前輩。」

「嘖！明明告訴他們不可以進來村子，怎麼還……」

堂島嘖了一聲，瞪著那名年輕的刑警。

「知道啦。我正好也有話要跟媒體說，叫他們到廣場前等我。」

「是、是！」

年輕的刑警離開大廳之後，堂島再度轉身面對一成他們。

「總之，大家不要離開村子。這樣警方比較容易保護各位，也比較安全。」

雖然堂島這麼說，村民們還是感到惶惶不安。每個人都緊閉著雙唇，目不轉睛地盯著一成，神情非常嚴肅。

那是村民們過去不曾出現過的表情，一成也不知道該如何應對。

【8月11日（星期四）上午7點38分】

「一成，你醒了嗎？」

躺在棉被裡的一成，聽到奶奶阿梅的叫喚後，撐起身體坐了起來。

「嗯……奶奶……」

一成回答站在紙門前面的阿梅。

「啊……已經天亮啦？雖然沒睡，可是也沒發現天亮了。老爸回來了嗎？」

「不，他留在集會所裡跟村長他們商量對策。」

「喔……這樣啊……」

一成搖了搖頭，努力地想要讓意識恢復清醒。昨天晚上從集會所回來之後，他就躲進棉被裡，可是始終無法真正入睡。

「奶奶……我該怎麼辦才好？我實在無法指名，因為那個人很可能會死啊。」

阿梅微笑地看著他。原本就細小的眼睛，這下變得更細小了。

「一成……到起居室來吧。」

阿梅說完，便轉身離開一成的房間。

「奶、奶奶？」

一成從棉被裡跳起來，往起居室走去。味噌湯的香味從那裡飄了過來。放在圍爐旁的木桌上，此刻擺滿了阿梅親手做的早餐。

「奶奶，我沒有什麼食慾……」
「不要想那麼多啦，先吃吧。」
阿梅硬拉著一成坐下，把筷子放到他的面前。
「就因為是這種時候，才更要好好吃頓飯。就算是硬塞，也要把肚子塞飽。」
「奶奶……」
「瞧，這是你最愛吃的煎蛋。」
「唔……嗯。」
一成把表面煎得有點焦的蛋放進嘴裡，砂糖的甜味立即在口中擴散開來。這是從小就常吃的奶奶的煎蛋。喝了一口加了香菇的味噌湯後，一成把白飯扒進嘴裡，這一刻食慾好像又恢復了。看到一成手上的筷子不停地動著，奶奶阿梅欣慰地直點頭。
吃完早餐後，一成的雙手在胸前合掌。
「我吃飽了，奶奶，太好吃了，謝謝您。」
「一成啊……」
「咦?什麼事?」
「你就指名奶奶吧。」
阿梅一面整理碗筷，一面說。
「奶奶，妳在說什麼?」
「我說，你就指名奶奶吧。」

「這怎麼可以呢！被我指名的人可能會死的！」
「所以啦，你就指名自己的家人奶奶我啊。」
阿梅滿臉皺紋笑著說。
「要是你指名其他人的話，以後會很麻煩的。如果那個人沒有死的話……」
「可、可是……」
「奶奶已經67歲，活夠本啦。爺爺也在天堂等著奶奶呢。」
「奶奶……」
「別再說了，就這麼決定吧。」
看著阿梅開始洗碗的背影，一成不禁紅了眼眶。

一成走到外面時，院子裡的一名年輕警察對他點了頭，一成楞了一下。再看看其他的民家，一成完全說不出話來了，因為每戶民家前面都有警察站崗。
「為了保護全村的人，所以警方決定採取全面監視了……」
一成低聲地自語著。他經過那名警察的身邊，走下狹小的坡道，打算往父親所在的集會所前進。突然間，他看到道子站在茅草屋頂的民宅前，向他招手，示意要他過去。
「咦？什麼事？」
一成往道子的家走去。他向那位投以銳利眼神的警察點了頭之後，便朝著道子走去。
「有什麼事，道子？」

「一成，跟我來，往這邊。」
道子拉著一成的手，往自家的玄關跑進去。
「我想要問你一件事啦。」
「想問我一件事？」
「我不說你應該也知道吧？你要指名誰？」
道子湊近一成的臉這麼問。
「如果警察今天還是無法找出犯人的話，你就必須指名不是嗎？」
「這件事我實在辦不到，因為被我指名的人很可能會死……」
一成感到喉嚨乾澀，連說話的聲音都變得有點沙啞。
「剛才我奶奶跟我說，要我『指名她』。可是我怎麼可能那麼做呢？一直以來，我都是跟我奶奶一起生活，其他村民也一樣啊。」
「可是你不選出一個的話，全部的村民也會死，這樣不是更糟嗎？」
「這我也知道，可是……」
村民們的臉一張張浮現在一成的腦海裡。
——奈津子、勇二、龍司和道子，他們都是班上的同學，而且還只是高中生。和也和龍司的妹妹鈴子也還在念小學，修平哥和勇二的姊姊早苗姊是20幾歲的年輕人。村裡最年長的人就是久藏爺爺了，可是久藏爺爺是村長，又是勇二的家人……反正，不管選誰，都一樣煎熬……
「我……我……」

道子看著陷入沉默的一成，舌頭在嘴裡慢慢地轉動。

「你的聲音變沙啞了耶，一成。」

「那還用說嗎！在這種情況下，誰都會這樣不是嗎！」

「那麼……我來幫你想辦法怎麼樣啊？」

說著，道子雙手繞住一成的脖子，身體靠在他的胸口上。接著，豐滿的唇也貼上一成的嘴唇。

「嗯？嗯……」

道子的舌頭像生物一樣，在一成口中蠕動著，還不時發出淫蕩的呻吟聲。

「傻……傻瓜！」

一成紅著臉將道子推開。

「妳、妳在做什麼！道子！」

「做什麼？那還用問嗎？當然是吻你啊！」

道子烏黑濕潤的雙眸，媚惑地凝視著一成。

「你是擔心我老爸嗎？沒關係，他早上才回家，而且喝了酒之後就跑去睡了。看他那個樣子，傍晚之前是不會醒來的。」

「我不是在說這個！而是妳為什麼要吻我……」

「滋味怎麼樣？你和奈津子還沒接過吻吧？」

道子舔舔粉紅色的嘴唇，笑著說。

「在學校裡面，奈津子是走清純可愛的路線，所以很受歡迎。不過我也不差喔，個性活潑，長相身材一級棒呢。」

「道子……」

「你不要那麼嚴肅嘛，這個吻只是預先支付的酬勞啊！」

「酬勞？這句話是什麼意思？」

「這還用問嗎？就是你不指名我的酬勞啊。」

「就算妳沒有這麼做，我也不會指名妳的。」

「的確，你應該是不會指名我啦，不過這種事誰能打包票呢？總之，你非得指名除了我以外的某一位村民就是了。要是你不指名的話，全村的人都會被殺死喔。」

「這……」

一成用銳利的視線瞪著道子。

「妳就只在乎自己能不能活命嗎！」

「你誤會我了。我只是愛惜自己的性命，難道這樣想也錯了嗎？」

「這、這個……」

「一成，你就是太愛鑽牛角尖了。不管怎麼說，你都得指名。選你討厭的傢伙不就行了嗎？要不然就挑一個老人吧。」

「可是，萬一那個人真的死了怎麼辦？」

「如果是這樣，那就是警察的錯了，因為他們說過要盡全力保護被指名的人啊。」

道子的視線投向玄關的拉門。

「調這麼多警官來村子裡，萬一又有人被殺，就表示那傢伙太無能了。」

「國王曾經在堂島面前殺死了妙奶奶，到現在都還不知道是怎麼辦到的啊……」

「就是因為這樣，所以更要指名啊。」

道子一面說，一面脫掉身上穿的黑色T恤。頓時，白色胸罩和隆起的胸部，毫無遮掩地呈現在一成面前。

「道子……妳……」

「喂，一成，雖然你喜歡奈津子，可是堂兄妹交往，會出現很大的阻力喔，尤其是在咱們村子裡。」

「這種事不用妳說我也知道，可是總有一天，村裡的人會承認我們的。我有絕對的自信。」

「哼……就算你愛的人是奈津子，我也無所謂。」

道子把脫下來的T恤往起居室丟去，慢慢地走向一成。

「這就是我要支付給你的酬勞，沒有愛情也無所謂喔。」

道子伸出被太陽曬成褐色的柔軟手臂，輕輕撫弄著一成的背時，外面傳來拉門的聲音。

道子的手並沒有拿開，一成只能保持原來的姿勢轉過頭去看。和也的母親中村久子就站在那裡。

「啊……這是怎麼回事？你們兩個在做什麼？」

久子歇斯底里地大聲說。

「你們還是高中生啊，怎麼能做這種事！」
「不、不是的！我們沒有……」
一成的嘴被道子的手摀住。
「我們想做什麼就做什麼，跟久子阿姨妳沒有關係吧。」
「道子，妳是不是腦筋不正常啦？」
久子的雙眉顫抖地抽動著。
「妳知道現在是什麼情況嗎？村民一個個離奇死去，連葬禮都還沒辦法舉行啊！」
「葬禮以後再舉行就可以啦，活著的人比較重要吧。對了，久子阿姨，妳為什麼跑來我家？」
「因、因為我看到一成跑進妳家，所以……」
「哼……妳找一成一定有事吧。比方說，妳想拜託他不要指名妳的家人？」
聽到道子的話，久子的臉色一陣鐵青。
「妳、妳在胡說什麼，我怎麼會……」
「一定是吧。因為和也還是小學生。」
「……妳也沒好到哪裡去吧！想色誘一成，好避免被指名的可能性。」
「沒錯，我是有此打算，怎麼樣？不行嗎？久子阿姨不高興的話，也可以學我呀！啊、不過阿姨已經超過30歲了，恐怕有點困難喔。」
「妳、妳說什麼！滿腦子就只想到那些齷齪事！」

「要是久子阿姨年輕一點，也許還有機會吧。」

「妳們兩個，可不可以別再說了！」

一成把氣氛火爆的道子和久子隔開。

「妳們是怎麼啦？都這個時候了還有心情吵架！冷靜點好不好！」

「怎麼可能冷靜呢！你的選擇關係到我們的生死耶！」

道子拿起丟在起居室的T恤，看著一成說。

「我相信國王的力量。所以根本不認為警察阻止得了國王！」

「阻止……不了嗎？」

「是的。國王至少擁有兩種能力，一種是隨意殺人的能力，另外一種是了解誰不服從命令的能力。不管哪一種，都不是普通人能夠辦到的。我不認為警方會那麼容易就抓到能力高強的國王。至少今天之內是不可能的！」

「這麼說……」

「一成今天無論如何，都要從村民之中選一個人出來。」

聽到道子的話，一成的喉嚨上下抽動了一下。

【8月11日（星期四）晚間11點30分】

一成姿勢端正地坐在集會所的大廳裡，臉色看起來頗為蒼白，牙齒也不停地喀嘰喀嘰作響。他抬起臉，好幾名村民站在面前，直直地瞪視著他。父親茂樹和奶奶阿梅不安地看著一成，戴眼鏡的修平也用銳利的視線盯著他。奈津子和勇二則是緊閉嘴唇，沉默不語。

在沉重的氣氛中傳來開門的聲音。堂島走了進來，皺著眉頭，朝一成走去。

「一成……非常抱歉，我們還是沒有抓到國王。都這個時刻了，只好請你指名一個人了。我們一定會盡全力保護那個人的安全。」

一成的身體動也不動，擺在長桌上的手因為握得太用力而發白。

「這個……我辦不到。」

「一成，你不指名的話，全村的人都會有生命危險啊！雖然我們已經要求全村的人不要離開夜鳴村，可是要顧全所有人的安全，實在有困難啊！」

「萬一被我指名的人，真的遭到斬首的懲罰，那……」

「不會的。全村的人幾乎都集合在這裡了，而且我們嚴格禁止攜帶刀械入內，所以不可能有人被斬首。」

堂島看著大廳的窗戶。窗外的廣場被燈光照得有如白晝般明亮，好幾名警察在附近來回巡邏。可疑分子想要潛進來，可以說是難如登天。

「一成，我希望你能換個角度想。其實被指名的人反而是最安全的。包括媒體記者在內，外面的人根本不可能進來村子裡，而且我們會加派幾十名警力來保護那個人。」

「可是……」

一成的視線落在長桌桌面彎彎曲曲的木紋上。

——我該怎麼辦才好？該不該聽堂島先生的話，指名一個人呢？可是如果國王的能力超乎警方的防禦力，那麼……

一成感覺喉嚨異常乾渴，舌頭好像快黏在牙齒上了。

「可……可惡！我選不出來！我選不出來啊！」

他拼命地左右搖頭，不停地吶喊。看到一成的反應，堂島不由得歪起嘴。

這時候，從剛才就一直默不作聲的道子從椅子上站了起來，嘆了一口長長的氣後，把一個有碎花圖樣的茶巾袋擺在一成面前。

「依照你的個性，我早就料到會變這樣啦。」

「這個是什麼……？道子。」

「這是我做的籤紙啊。裡面放了23張紙，每一張都寫了村民的名字。你只要從裡面抽出一張就行了，一成。」

「妳是說，這麼重大的事情要用抽籤決定嗎？」

「這樣不是最公平的方式嗎？再說，堂島先生已經保證過，被指名的人會受到嚴密的保護。所以用抽籤決定，大家應該都沒意見才對。」

道子瞄了一眼掛在牆上的時鐘。

「快點，只剩下5分鐘就要12點了。沒時間考慮那麼多了。」

「唔……」

「再不做決定的話，不在集會所的人會有生命危險。龍司現在的狀況那麼糟，龍司的妹妹也只有9歲。雖然龍司家裡有警力保護，可是畢竟比不上這裡啊。要是國王去攻擊那邊的警察，這樣不是更糟糕嗎？」

「這個……」

一成的額頭上不停地冒出冷汗。

——的確，如果國王鎖定龍司家就糟了……而且，目前還是有些老人獨居在家的，他們都有可能遭受國王的攻擊。

「……知道了。我抽籤就是了。」

一成喃喃地說。看到一成下定決心，堂島也放心地吐了一口氣。

「很、很好，那麼快抽吧。已經沒時間了。」

「是……」

一成緊咬著嘴唇，把右手伸進茶巾袋裡。他的手指碰到一張張已經折起來的紙條。一陣沙沙作響後，一成用食指和拇指夾住其中一張，咬著牙抽出來。

這一刻，現場所有人的視線全部集中在一成的手上。

一成用顫抖的手打開紙條，道子迫不及待地問：

「一成，你要指名誰？」

「……久、久子阿咦。中村久子阿姨。」

一成用沙啞的聲音，喃喃地唸出紙張上寫的人名。原本集中在一成身上的視線，一下子轉移到臉色發白的久子身上。久子半張開嘴，整個人像失魂般地站起來。

「我……我被指名了嗎……」

「哎呀，是久子阿姨啊？運氣好差喔。」

道子假惺惺地嘆氣說。

「啊……這麼一來，警察就會加派警力保護妳了耶，這樣也很好呢。」

「道、道子……妳該不會……」

久子拖著踉蹌的步伐往長桌這邊跑來，一把將茶巾袋搶了過去，然後把裡面的籤紙倒在桌子上，一張張確認。

「我的名字……這張也是……這張也一樣……」

久子打開的每一張籤紙，裡面都寫著【中村久子】的名字。

「妳只有寫我的名字吧？」

「是啊，這是我特製的籤，所以只有妳會被抽中喔。」

「這、這樣無效！馬上重做一次！」

「來不及啦，因為時間已經超過12點了。」

道子瞥了一眼牆上那個指針已經指著12點2分的時鐘。

「當我問一成『要指名誰』的時候，他的回答是久子阿姨的名字，這樣指名就算完成了。

這已經是無法改變的事實了。」
「怎……怎麼可以這樣……」
久子無力地癱坐在地上。一成忍不住怒吼道：
「道子，妳到底在做什麼！為什麼要做這樣的籤呢！」
「有什麼不可以？而且我又沒騙人。我只說，茶巾袋裡面放了23張寫了村民姓名的籤紙。我可沒說寫了全部村民的名字喔。」
「唔……」
「要怪就怪你自己優柔寡斷的個性。因為你遲遲不做決定，事情才會變成這樣不是嗎？這算犯法嗎？我只是在籤紙上動了一點手腳，又沒有加害久子阿姨。」
道子的眼睛釋放出跟貓一樣的異樣光芒。接著，她又瞥了一眼在場的村民。
「我想，你們之中一定也有人鬆了一口氣吧？」
聽到這句話的村民們，個個表情僵硬。
大廳裡頓時陷入一片鴉雀無聲。突然間，久子的呼吸變得急促又混亂。堂島趕緊跑向久子。
「久子女士，請妳冷靜下來。雖然妳被指名，可是妳是這裡最安全的人。我馬上會加派人手把妳帶去集會所的房間裡，嚴加保護。」
「可、可是，和也呢？那孩子現在正和我公公在家裡等我啊。」
「和也？啊，就是妳念小學的兒子嗎？我們會把他帶到房間裡，跟著妳一起接受保護。」
堂島看著站在大門前的部屬淺川。淺川點了個頭後，馬上跑離大廳。大概是要去接和也過來吧。

「久子，不要擔心，警察會保護妳的。」

站在一旁的丈夫中村和幸，把手放在久子的肩膀上，溫柔地安慰她。

「老公……」

堂島緊緊握著互相凝視的這對夫妻的手。

「中村先生也一起到房間吧。當務之急，就是先把久子女士帶到安全的地方。我們會視情況而定，把妳送去山下的警察署。」

「那、那麼，我得先準備一些換洗的衣服……」

久子不安地站起來，看著自己身上穿的素色T恤和灰色長褲。

「要去鎮上的話，穿這樣恐怕……」

「現在不要在意這些了，換洗的衣物我們會替妳準備好的……」

堂島的話還沒說完就停住了。他半張著嘴，看著久子的脖子。

「血……」

「咦?血?」

久子舉起右手摸自己的脖子，手掌立刻被染成紅色。

「咦……怎麼會有血……」

久子帶著一臉納悶的表情，慢慢地左右轉動頭部，紅色液體繼續往下流到她穿的那件素色T恤上面。

「怎……怎麼會這樣……」

堂島看著久子的脖子流出的鮮血，整個人楞住了。

「不可能……怎麼會有這種事……」

「啊……啊啊啊！」

久子發出高分貝的哀嚎。她用手壓住脖子，往大廳的門跑去。

「久子女士！等一下！」

久子不顧堂島的呼喚，跑到走廊上。一成他們也跟在後面跑了出去。

久子跑進大廳前面一間兩坪大小的房間，壓住自己的脖子。鮮血不停地從雙手的指縫間流下來。

「為……為什麼……」

久子的舌頭變成了血紅色，眼睛睜得大大的，整張臉充滿了驚恐，脖子開始往前彎曲。然後，像一顆熟透的柿子「咚」的一聲滾落在榻榻米上，脖子的斷面繼續噴出鮮血。接著，連身體也往前撲倒。

看著久子不停抽搐的身體，一成無力地跪在地上，任由胃液逆流到喉頭的部位。

「久……久子……阿姨……」

這時候，一成聽到背後有人低聲地呼喚「媽媽」。轉過頭去，看見和也一臉蒼白地站在那裡。

和也半張著嘴，眼睛直楞楞地盯著掉在榻榻米上的母親的頭顱。

「和也！不要看！」

一成緊緊抱住和也小小的身軀，想要擋住他的視線。

「媽媽……媽媽……」

和也喃喃地叫著，聲音沒有高低起伏。聽在一成的耳裡，這幼小的呼喚讓他感到無限的愧疚。

——都是因為我指名久子阿姨，事情才會變成這樣。是我殺了和也的母親！

一成悔恨地咬著牙，發出喀哩喀哩的聲音。

集會所的走廊上，充斥著村民的哀嚎和咆哮。

「大家冷靜下來！請保持冷靜！」

一成看到堂島正極力地想要安撫村民的情緒。

堂島一臉鐵青地向其他警察下達指令。吊掛在走廊天花板的燈泡，清楚地照出堂島皮膚上的汗水。

【死亡1人、剩餘23人】

命令5

【8月12日（星期五）凌晨1點38分】

在堂島的指示下，一成等人在大廳等待著。門的後面，傳來快速逼近的腳步聲。村民們也不安地盯著緊閉的大門。

「一成……不要緊吧？」

勇二對抱著膝蓋坐在大廳角落的一成這麼問。他用手揮開大人吐出的二手菸，在一成的旁邊盤腿坐了下來。

「沒想到事情會變成這樣。」

「勇二……我把久子阿姨……」

「這不是你的錯。」

勇二用厚實的手拍拍一成的肩膀。

「而且在籤裡動手腳，害久子阿姨被指名的人是道子。」

他瞥了一眼從剛才就一直坐在窗戶邊，皺著眉頭看著外面的道子。

「真沒想到，道子真的想要殺死久子阿姨。看樣子，接下來的問題會更大。」

「接下來？」

「從殺戮的方式可以確定，國王的確擁有非常可怕的強大力量。我認為就算出動警察，也阻止不了國王。」

「……可惡！」

一成握住拳頭，往榻榻米用力擊了一拳。

之前，堂島還信誓旦旦地說會保護被指名的人，可是被指名的久子還是慘遭殺害，而國王的真實身分依舊是個謎。

——我不認為國王遊戲會這樣就結束。一定還會有新的命令發佈。

「究竟要到什麼時候，國王遊戲才會結束啊！」

一成咬著牙說，聲音聽起來像是用力擠出來的一樣。

大約過了30分鐘後，堂島皺著眉頭走進大廳，神情嚴肅地向一成他們低頭致歉。

「各位，事情變成這樣，我真的感到非常抱歉。很遺憾，久子女士死了。不過她的丈夫和幸，還有孩子和也都平安無事。現在他們都在2樓等候，心情也穩定下來了……」

「先不談那個啦！我們到底會變成什麼樣子啊！」

道子的父親篤志用力往長桌的桌面捶了一拳，堆積在銀色菸灰缸裡的菸屁股和灰渣，嘩啦啦地彈到榻榻米上。

「國王的身分至今還是個謎，而且他不需要親自動手就能殺人！那我們逃到哪裡還不是都一樣。就算逃進警察局裡，也難逃一死不是嗎！」

「……很遺憾，篤志說得沒錯。」

堂島握著拳頭，顫抖地說。

「久子女士遭到殺害的方式，的確很不尋常。一般人根本不可能辦得到。我已經向上級報告，請他們向警察之外的單位求援了。」

「話說回來，這個殺人犯未免太厲害了，該不會不是人類吧？」

「不管怎麼說，國王應該還是和人類有一點關聯。」

堂島斬釘截鐵地回答。

「因為國王是以寫信的方式傳達命令，我認為這是人類才會有的行為。雖然從命令的內容來看，無法得知對方的動機是什麼，但是要一成指名某位村民這件事，應該是人類會做的事。」

「你的意思是，這是擁有超能力的人類做的嗎？」

「這點我不敢斷言。但是，敵人應該就藏身在我們附近。現在也是。」

堂島說完，從褲袋裡掏出一張白紙。

「剛才我的部下在這棟建築裡，發現有一個黑色信封夾在窗戶上。裡面放著寫有國王命令的信紙。我已經把內容抄在這張紙上了。」

堂島開始唸出紙上的文字。

【這是全體居民強制參加的國王遊戲。國王的命令絕對要在今天之內達成。不允許中途棄權。命令5：切勿做出國王遊戲中不必要的行為。做出不必要的行為者，將受到流血致死的懲罰。】

「國王果然又下了新的命令……」

一成把國王的命令牢牢地記在腦海裡。

「可是，什麼是不必要的行為呢……」

「這就是問題的重點，一成。」

堂島閉上眼睛，苦惱地抓著頭。

「和過去的命令不同，這次的命令好像是要大家什麼事都別做。有人懷疑，寫這封信的是另有其人，問題是，筆跡和之前的一模一樣，連我都感到毛骨悚然。我想應該是同一個人寫的吧。」

「這麼說，警察也不知道什麼是不必要的事了？」

「不，我們有想到幾個可能性。在此之前，我想先拜託大家一件事。」

堂島走到村長久藏面前。

「村長，我想請你轉告全部的村民，不要離開夜鳴村。」

「這就是不必要的行為嗎？」

久藏滿臉倦容地看著堂島。

「一方面有可能是這樣，另一方面，這也是上級的命令。」

「上級的命令？這是怎麼回事？」

「……老實說吧。因為國王很可能隱身在現場的各位之中！」

「你還是不肯相信我們嗎！」

「畢竟，還是有這種可能性啊！」

堂島來回地看著村民說：

「剛才我也說了，國王擁有異於常人的能力。萬一他利用這個力量，在大都市裡興風作浪，到時候死傷會更加慘重啊！」

「照你這麼說，我們要和國王一起死在夜鳴村嗎？」

「我們也不希望變成那樣！總之，我們一定會盡全力保護大家的生命安全，盡快把國王找出來！」

「可是……」

「大家應該很清楚，不管你們逃到哪裡都沒有用，因為國王就是衝著夜鳴村的人來的。唯今之計，就是盡快找出國王要緊！」

堂島用手拍打著大廳的牆面說：

「警方已經封鎖了消息，所以這件事並沒有上新聞。但是政府已經私下展開行動要解決這件事。所以，現在保護大家的不只有我們警察而已。」

聽到堂島這番話，現場的村民們開始七嘴八舌地議論起來。

「政府已經採取行動了嗎？那麼，我們還有活命的希望了？」

「我認為不可能。國王一定是神。神要懲罰作惡多端的人啊。」

「你在胡說些什麼！才沒有這種神呢！」

「可是，你們不是也看到久子被虐殺的過程嗎！人類怎麼可能有那種能耐！」

「不，剛才警察先生不是說了嗎？國王是人類，所以才會用寫信的方式。」

「說得也是。光聽國王遊戲這個名字，感覺就像小孩子才會說的……」
「照你的說法，國王是小孩子了？」
「我沒那麼說，不過的確有這個可能。」
村民們繼續在這個沒有解答的問題上熱烈地討論著。堂島再次拍擊牆面說道：
「各位，國王沒有什麼好怕的！這次國王並沒有把信投進警方所監視的郵箱裡，而是換了不一樣的地方。這證明了敵人也會提防警方，國王也有做不到的事。他不是無所不能的神！」
堂島用銳利的眼神，在一成等人身上來回掃視著，然後用強硬的口吻說：
「我想請大家協助進行筆跡鑑定。不分男女老幼，一律都要做。雖然只是一件小事，但卻是揪出國王的方法之一。」
村民們被要求在集會所的小房間裡，寫下和國王的信一樣的內容。不少人對於這種把村民當成嫌疑犯的做法很不以為然，可是堂島的態度十分強硬，所以村民也只能乖乖照辦。就這樣，直到深沉的夜色開始變得朦朧，天際線的天空轉為明亮的時刻，村民們才被放出來。
大家拖著疲憊的身軀回到自己的家，腳步都像是穿了鐵鞋般沉重。
一成一踏進家門就往棉被上撲倒。在疲憊和睡意的夾擊下，意識逐漸變得模糊。
「不必要的……行為……？」
一成兩眼發呆地喃喃自語著。堂島說得沒錯，這次的命令跟以前不一樣。不是要村民們去完成某件事，而是要限制村民的行動。可是『不必要的行為』到底要限制什麼呢？一成實在想不出來。

——國王的目的是什麼？單純只是為了殺人嗎？……應該不是。因為除了要我指名村民的那道命令之外，只要村民服從命令，就不會遭到殺害。

一成用力握著棉被的一角。

「說到底，為什麼國王會挑上夜鳴村？為什麼我們要承受這些折磨？」

一成突然想起了久子死前的模樣，淚水不禁奪眶而出。

「可惡……」

他哭到連聲音都在顫抖，棉被也被淚水浸濕了。

【8月12日（星期五）上午7點11分】

一成被誦經的聲音吵醒了。

「……嗯？奶奶？」

聲音是從紙門的另一邊傳來的。

「奶奶，妳沒有睡嗎？」

一成搖搖頭，想要甩開朦朧的意識。他來到走廊，誦經的聲音比剛才更大聲了。一成感覺氣氛不太對勁。平常阿梅誦經的聲音都很流暢，今天卻斷斷續續的，像是哽住了一樣，而且好像還有咕嚕咕嚕的雜音。

「奶奶？」

一成往阿梅的房間走去。老舊的走廊地板，走起來嘰軋作響。雖然平常也是這個樣子，但就是覺得不太一樣。

「奶奶，我要進去囉。」

一成一打開阿梅房間的紙門，就看到她坐在墊子上誦經的背影。

「奶奶，妳怎麼了？誦經的聲音好怪……」

一成說到一半，嘴巴突然不動了，整個人楞在那裡。因為阿梅坐的那張墊子被浸得濕答答的，四周的榻榻米也被染成紅黑色。

「奶……奶奶……？」

阿梅的頭緩緩地轉過來。

看到阿梅的臉，一成的呼吸幾乎停止了。阿梅滿臉是血，鼻子、眼窩，還有嘴裡都不斷地滲出鮮血，血水沿著下巴像水滴般滴落在身上那件有唐草花樣的和服上面。她張著嘴，喉嚨還發出噗嚕噗嚕的聲音。

「一……一成……」

阿梅向一成伸出滿是鮮血的手。當一成反射性地想要抓住那隻手的瞬間，阿梅的身體往前傾倒，發出啪啦的聲音，血水同時往四周噴濺。

「奶……奶奶！」

從驚嚇中回神的一成，抱起奶奶的身體，拼命地呼喚，可是阿梅完全沒有反應。

微溫的鮮血沾滿了一成的手心。

「爸！快來啊！奶……奶奶全身是血啊！」

可是不管一成怎麼大聲叫喚，茂樹始終沒有現身。

「可惡……我該怎麼辦才好！」

眼前的視野開始扭曲。一成流下的眼淚，滴落在阿梅滿是鮮血的臉上。

「奶奶……奶奶……嗚嗚……」

不知道過了多久的時間，一成才小心翼翼地把阿梅的身體平放在榻榻米上，讓她躺著。可能是因為流出大量鮮血的緣故，阿梅的身體比平常小了許多。昨天以前還笑得那麼開心的臉，如今卻帶著痛苦的表情，再也沒有動靜了。

「奶奶……」

一成拖著踉蹌的步伐，走出阿梅的房間去找父親。

「得告訴老爸才行……」

穿過昏暗的走廊，往起居室走去的路上，一成突然腳一滑，身體失去重心，跌倒在地，還發出啪啦的聲音。他馬上意識到自己的手觸摸到了一灘血水。倒在他面前的是面臉部朝上的茂樹。

「爸……爸？」

對於一成的呼喚，茂樹完全沒有反應。瞪大的雙眼佈滿血絲，還流出如岩漿般黏稠的血。當一成理解到父親已經停止呼吸時，恐懼和哀傷的情緒，瞬間佔據了他的心。

「啊……啊啊啊啊啊……」

一成語無倫次地吼叫，拼命搖晃著茂樹的身體。地上不斷發出啪啦、啪啦的聲音，還飄散著鐵繡的味道。

「爸！為什麼……為什麼連你也……唔……！」

胃裡翻攪的酸液直往喉嚨竄升，一成費了好大的勁才穩住呼吸。

——為什麼，為什麼爸和奶奶會死呢！難道，他們做了什麼不必要的行為，所以受到國王的懲罰？

一成站了起來，血水沿著指尖不停地滴落在榻榻米上。

「爸、奶奶……！你們做了什麼？」

昨天茂樹、阿梅和一成是一起回到家裡的，之後就沒有離開過。為什麼他們兩個還會因為『不必要的行為』，而遭到國王的殺害？一成拼命地想從混亂之中理出頭緒來。

——難道，他們是在家裡做了『不必要的行為』？可是從集會所回到家裡，並沒有經過多久的時間，怎麼可能做出不必要的行為呢？

這時候，一成的腦子裡浮現出奈津子的身影。

「奈津子……」

一成全身的汗毛都豎了起來。

——要是奈津子也做了『不必要的行為』，那麼……

一想到帶著陽光微笑，卻滿臉鮮血的奈津子，一成就不由得全身顫抖。

他咬著嘴唇，來到土間，迅速地穿好運動鞋後，就往屋外跑去。停在院子裡的幾隻麻雀受到驚嚇全部飛了起來，消失在山裡。

「怎、怎麼了？」

在家門前巡邏的年輕警官，看到一成的T恤和長褲都被染成血紅色，趕緊跑了過來。

「你……你不要緊吧？怎麼流這麼多血……」

「這不是我的血，是我爸和我奶奶的血……他們兩個現在……倒在家裡。」

警察一臉驚慌地要一成先待在原地等候，自己則是跑進屋裡查看。過了一會兒，房裡傳出哀嚎，那名警察摀著嘴，連滾帶爬地從屋內衝了出來。

大概是看到倒在起居室的茂樹了吧？他的臉變得和一成一樣蒼白。

「你、你在這裡等著。我……我回去向長官報告。」

警察往堂島所在的集會所跑去。一成不顧警察的指示，也跟著跑走了。

——要盡快通知奈津子才行……還有村裡所有的人。

一成往奈津子的家前進。汗珠從脖子流下，原本就沾滿血漬的T恤現在變得更濕了。步履蹣跚的一成，眼前突然出現一個身穿白色連身裙的小女孩。

那是龍司的妹妹三上鈴子。一成大聲地叫喚她的名字。

「鈴……鈴子！」

「啊……一成哥。」

鈴子的童音傳進了一成的耳裡。

「咦？你怎麼啦？衣服上全都是血，是不是受傷了？」

「這是……啊、先不說這些了。龍司和文子阿姨呢？他們沒事吧？」

「你是說我哥和我媽嗎？他們在家裡。我哥現在已經能夠吃飯了喔。」

「是嗎？真是太好了。」

一成把手貼在左胸口，大大地吐了一口氣。

「好，鈴子，妳快回去告訴龍司和妳媽，『不必要的行為』指的就是在家裡也可以做的簡單的事。」

「不必要的行為？那是國王的命令嗎？」

「沒錯。雖然還不知道正確的意思，不過現在的情況很危急。」

「……是不是又有人死掉了？」

一成假裝鎮定，把沾血的手掌藏到背後，強裝笑容說：

「沒事的，鈴子。我現在要去通知村裡的人，所以……再也不會有人死掉了。」

「真的嗎？真的不會有人死掉了嗎？」

「嗯，是啊。放心吧。」

「是嗎？那真是太好了。」

說完，鈴子的笑臉馬上又轉為憂鬱。

「可是，我好討厭國王喔。我哥會受傷就是因為國王的緣故。」

「鈴子……你哥會受傷，我也有責任。要是我自己爬到山崖上的話……」

「不對！都是國王遊戲害的。都是國王強迫我們去做危險的事情！」

鈴子嘴唇緊閉，眼眶裡積滿了淚水，小小的身軀不停地顫抖著。

「我真希望國王趕快去死。」

鈴子邊說邊摀著臉開始哭泣。

「鈴子……不要哭，沒什麼好哭的，現在不是哭的時候！」

一成也像是在對自己說一樣，語氣很堅定。

「我現在馬上去通知全村的人。鈴子，妳回家去，把我說的話告訴龍司他們！知道嗎？」

「嗯……嗯。」

鈴子用力地點頭，把手從臉上放開。

剎那間，一成楞住了。睜大到不能再大的眼睛，倒映出鈴子的臉。

鈴子的眼睛流出兩行血淚，滴答滴答地從臉頰滑下，把白色的連身裙染成了紅色。

「咦……咦？好奇怪喔。」

鈴子的眼睛眨呀眨地動著，抬頭看著一成。

「為什麼一成哥看起來紅紅的啊？」

「鈴子……妳……」

「啊……咳……咳噗……」

突然間，鈴子咳了一聲，大口的鮮血從嘴裡溢了出來。血液汩汩地流下，滴在地上積成一灘紅色血水。

一成的嘴唇發紫，忍不住顫抖。當他要伸出手抓住細小的手臂時，鈴子的膝蓋突然喀啦一聲折斷，面朝下地撲倒在地。

「鈴……鈴子！」

一成趕緊抱起鈴子。她的身體輕得完全不像個人。大概是體內的血流光了吧？鈴子恐怕已經死了。

「可惡！鈴子還只是個小學生啊！」

緊咬的嘴唇滲出了鮮血，一成仰頭看著天空，對殺死年幼鈴子的國王，感到無比憤怒。

「這樣的手段也太凶殘了吧……國王這個混……」

這時候，一成感到有一股電流穿過大腦。他張著嘴，看著抱在臂彎裡的鈴子。

——鈴子受到國王的懲罰了。也就是說，她做出了「不必要的行為」？鈴子剛才做的事情是……哭泣？不對，剛才奶奶死的時候我也哭了，所以應該不是這個原因。那麼，鈴子還做了什麼嗎……

——『我真希望國王趕快去死。』

「……難道是說國王的壞話嗎？」

一成把鈴子放在山毛櫸的樹下平躺著。

「我馬上就回來。妳先在這裡等著，鈴子。」

一成對著已經沒有氣息的鈴子輕聲說，然後往奈津子的家跑去。此時，他從遠處聽見了村民的哀嚎，還看到一名警察神色慌張地四處奔走。

「唔！可……可惡！」

——原來是說國王的壞話。這種情況之下，誰都會罵幾句吧。總之，必須盡快通知大家才行，不然大家很可能都會死的。我得加快腳步才行！

一成不顧站在奈津子家門前警察的制止，一把拉開紙門。

「奈津子！弓子嬸嬸！」

一成大聲地叫喚，直接赤腳跑到走廊。他打開最裡面的門時，看到奈津子正一臉蒼白地站在那裡，整個人陷入恍神的狀態之中。而弓子則是渾身鮮血地倒臥在她的腳邊。弓子的上半身陷入圍爐的灰渣裡，白色的煙飛舞著。

「啊……啊、一成……」

奈津子轉過頭，看著一成。

「我……我媽她……突然吐出血來……」

「唔！嬸嬸有說國王的壞話嗎？」

「說國王的……壞話？」

「是的。『不必要的行為』應該就是指『說國王的壞話』！所以，絕對不能說國王的壞話！」

「國王的……」

奈津子伸手摀住半張開的嘴。

「弓子嬸嬸有說國王的壞話吧？」

「嗯……剛才，就在這裡……」

「果然沒錯！」

一成把弓子的屍體從圍爐裡拖了出來。弓子的眼睛睜得大大的，上面還殘留著血跡。白色的牙齒沾滿了鮮血，舌頭紅得極為異常。

因為死狀實在過於悽慘，一成忍不住別開了臉。

走廊處傳來了腳步聲。好幾名警察衝進了一成他們所在的房間。

「你……你到底……哇啊！」

看到倒在一成面前，滿身鮮血的弓子，警察們不禁叫出聲來。

「她受到國王的懲罰了！我爸和我奶奶，也是受到懲罰而死的。」

聽到一成這麼說，奈津子的膝蓋，無力地跪在榻榻米上。
「茂樹伯父和阿梅奶奶也……死了？」
「還有鈴子。應該還有其他人死了才對。」
一成轉頭看著警察說。
「『不必要的行為』就是說國王的壞話。快去轉告村民，叫他們不要說國王的壞話！」
「好……好，知道了！你們先留在這裡，我們馬上去求援！」
警察們慌慌張張地跑走了。
昏暗的房間再度陷入安靜之中，奈津子混亂的喘息聲聽起來格外清楚。她把手貼在左胸口，調整呼吸。
「媽……還有大家……」
「奈津子……對不起。要是我早點發現就好了……」
一成緊緊抱住有如剛出生不久的雛鳥一般、全身顫抖不止的奈津子。奈津子發出微弱到幾乎聽不見的聲音說：
「為什麼……為什麼……會發生這種事？」
「唔……」
一成壓抑著聲音，低聲地啜泣。
——這種瘋狂的遊戲，到底要玩到什麼時候才會結束？可惡！

在堂島的指示下，一成的警告很快就在村民間傳了開來。可是在此之前，已經有好幾名村民無辜喪命。例如村長田中久藏、富長靜夫、齋藤源藏三個人都死在源藏的家裡。他們好像是聚在一起喝酒的時候，說了國王的壞話。

梅田智子和岡田佳惠則是死在智子家裡。據說，佳惠為了安慰因為女兒靜世慘死而沮喪不已的智子，所以說了國王的壞話。

在抽籤中因為被指名而慘死的中村久子的丈夫中村和幸，以及公公中村光三郎也死在自己家中。雖然警察及時保護了和也，但是警方發現他時，他面無表情地站在慘死的和幸面前，因為過度驚嚇，已經無法開口說話了。

最後，說了國王的壞話而死去的村民一共11人，僥倖存活的只剩12人。

【8月12日（星期五）下午4點26分】

機動隊的卡車載著死去村民的屍體，駛離了村子。一成不發一語地目送車輛離去。

卡車遠離之後，村子的出入口馬上又被十幾名警察封鎖。在更前面的地方，停了幾十輛車子，還有電視台和報社的工作人員扛著攝影機，在附近來回走動。

「我爸媽……都在那裡……」

站在一成身旁的勇二，痛苦地擠出話來。

「警方現在好像禁止外面的人進來村子。他們好不容易從工作地點的福岡趕回來，沒想到……」

「是啊。不過，說不定這樣反而比較好呢。」

一成帶著疲憊的聲音說。

「因為現在趕回夜鳴村並不安全，萬一被強迫參加國王遊戲，豈不是更糟嗎？我想警察一定也是這麼想，所以才會封鎖出入口吧。」

「說得也是……我爺爺已經死了，如果我爸媽也死了的話，葬禮的事可就麻煩了。」

「再這樣下去，不知道什麼時候才能舉行葬禮呢。」

一成的雙手緊緊地交握著。

——是啊，該怎麼跟媽解釋爸和奶奶去世的事呢？她現在正在住院接受治療，狀況也不是很好……

獵人修平拍拍一成的肩膀說：

「一成，你沒事吧？」

「啊、嗯，對不起。我想事情想得入神了。」

「這也不能怪你，短短4天之內就死了20個人，在這種情況下，誰還能保持冷靜呢。」

修平用手指敲了敲背在背後的獵槍說：

「最近呢，我越來越不敢鬆開這傢伙了。雖然我也不確定國王怕不怕獵槍啦。」

「修平哥……」

「哈哈哈……我真沒用。一成的家人死了，我還在說這些。」

眼鏡後面的那對眼睛，透露著修平內心的不安。

「可是我還是很害怕。如果國王存心整死我們，村裡的人遲早都會被殺光的。」

修平雪白的牙齒，發出喀嗟喀嗟的撞擊聲。修平是個理性而且冷靜的獵人，如今卻因為國王遊戲而嚇得六神無主，可見他的精神壓力已經被逼到了極限。

「一成……你說，該怎麼樣才能結束國王遊戲呢？」

「咦？這個……我也不知道。」

「說得也是。我想，只要殺死國王的話，大家應該就不會再收到信了吧？」

「殺死……國王？」

「是啊，如果國王是一個有生命的生物，那麼說不定可以用槍殺死呢。」

「修、修平哥，你說話要小心一點。『不必要的行為』的命令期限還沒有結束呢。」

「說得也是。」

修平咬著大拇指的指甲，嘀咕地說。

「要是能知道國王是誰就好了……」

「修平哥……」

在這種情況下，不管一成說什麼，修平好像都沒有心情聽了。

【死亡11人、剩餘12人】

命令6

【8月13日（星期六）午夜0點1分】

在確認大廳裡的時鐘指針已經超過12點之後，一成長長地嘆了一口氣，其他村民也紛紛地搖頭嘆氣。

在堂島的指示下，一成和村民從昨天傍晚就到了集會所集合。大廳裡除了一成之外，還有本多奈津子、田中勇二、勇二的姊姊早苗、平野道子、道子的父親篤志、丸岡修平、修平的父親浩司、神田百合，以及念小學的中村和也和三上龍司。龍司的母親文子則是在2樓接受醫生的治療。

「那麼，我們現在可以說國王的壞話了嗎？」

聽到勇二這麼說，坐在一旁的早苗皺起了眉頭。

「勇二，還是謹慎一點好。沒必要故意說國王的壞話吧。」

「說得也是……只要在心裡咒罵就行了……」

一成緊閉著嘴唇。

——現在就算說國王的壞話也無濟於事。當務之急是先找到國王，把遊戲結束掉。畢竟現在連警察也靠不住了。

一成緩緩地來回看著村民的臉。

——奈津子不可能是國王，勇二和龍司也是。因為打從出生開始，他們就是一起長大的好朋友。和也就更不可能了，一個還在念小學的孩童怎麼可能寫那種東西。早苗姊、百合阿姨，還有文子阿姨，他們都有家人被殺，所以也不是他們。這麼說的話，比較有可能的是道子、篤志叔叔、修平哥，以及浩司伯伯等四個人了……

一成打量著這四個人的臉。

——不，修平哥很怕國王。那種害怕的樣子不可能是裝出來的，而道子為了活命，甚至不惜使用色誘這一招，所以他們兩個人是國王的可能性並不高。那麼，只剩下篤志叔叔和浩司伯伯了。不，他們不像是那麼心狠手辣的人。國王應該是混在村民之中才對，問題是到底是誰呢……

大廳的門被打開了，堂島帶著一名身穿白衣、身材消瘦的年輕人走了進來。堂島來回看著村民的臉，摸摸沒有修剪的鬍子，歪著嘴唇說：

「發現新的國王信件了。」

一成和村民們頓時楞住了。堂島的視線不停地在他們身上來回移動，彷彿想確認每個人臉上的表情變化。

「這次是在一輛停靠在路邊的警車下面發現的。雖然不確定是何時放的，不過應該是昨天吧。因為內容和日期都跟之前不一樣。」

「日期不一樣是什麼意思？」

一成這麼質問道。堂島從口袋掏出一張信紙，放在長桌的桌面上。

【這是全體居民強制參加的國王遊戲。國王的命令絕對要在8月13日之內達成。不允許中途棄權。命令6：在告示板前掛上村民的頭顱。不服從命令者，將受到四肢被切斷的懲罰。】

「我想，你們看過之後就會知明白，這封信和過去不同，上面很清楚地記載了今天的日期。換句話說，一定是國王想過，信件有可能會在前一天被發現吧。現在村子隨時都在警方的嚴密監視下，要用寫信的方式傳達命令的確不容易。」

「先不說這個了，信中不是提到頭顱了嗎？」

道子的父親篤志大聲地問。

「這樣的話，頭顱的事要怎麼辦？信裡面寫的既然是村民的頭顱，就表示不能用貓狗代替吧。」

「這點，我已經想到辦法了。」

堂島面無表情地回答。

「目前剩下的村民有12人。換句話說，只要能弄到12顆人頭，就不需要有人死了。」

一成的臉已經失去了血色。

「難……難道是要把之前死去的人的頭……」

「……想要保住大家的命，就只有這個辦法了，一成。」

「這、這怎麼行！要我切下我爸和我奶奶的頭？甚至還要切下其他人的……」

村民們發出抗議的聲音。

「我拒絕！我怎麼能切下我爺爺的頭！」

「沒錯，我也不要。我們過去一直生活在一起啊。」
「這種事我辦不到！」
堂島皺著眉頭，搖頭說道：
「這是政府的決定，就算是家人，也不能拒絕。」
「怎麼可以這樣……」
「一成，很遺憾，我們到現在還查不出國王擁有的超乎常人的力量是從何而來，所以現在只能照國王的命令去做。」
「可是，要我切下我爸的頭，我下不了手啊。」
「這件事你不用擔心，我們會處理的……你們只要把頭放在告示板前面就行了。」
「唔……」
感到噁心的一成，忍不住摀住了嘴，兩腳也因為顫抖不止而無法站立，膝蓋跪倒在榻榻米上。
——不行，我怎麼能把老爸的頭掛起來呢？
身材細瘦、穿著白衣的男子抓住呼吸紊亂的一成的手。他像是在觀察一樣地仔細打量著一成，然後打開薄薄的嘴唇說：
「你不要緊吧？要不要先躺下來休息？」
男子動作熟練地讓一成躺了下來，還拿坐墊枕著他的頭。
「慢慢呼吸，不要太急。」

「你……你是？」
「我是在西廣島大學研究生物學的宮澤。我看過醫生怎麼做，所以你放心。」
「生物學？你……為什麼會……」
「這次的事件發生後，政府私下請我過來，還有其他專家也進入夜鳴村了，我們這次的目的就是查明國王的真實身分。」
宮澤的嘴角往上揚起。
「不過很可惜，雖然大家做了各方面的猜測，可是到目前為止還沒有一位學者找出答案。」
聽到宮澤的話，修平的父親浩司站了起來。
「用猜的也行啊！國王到底是誰？是誰想要把我們趕盡殺絕？」
「……現在還不方便說什麼。因為那些臆測都太過天馬行空了。」
「天馬行空？這話怎麼說？」
「近日之內我們一定會跟大家解釋的，請耐心等待。現在我有件事情，想要請大家協助。」
「要我們協助？」
「是的，我們要幫大家抽血。」
「為什麼要抽我們的血？你們不是應該去找國王嗎？」
「就是為了找出國王，所以才要抽血。」
宮澤來回看著村民的臉。
「事實上，我們已經取得三上文子女士的同意，為去世的三上鈴子進行解剖了。」

「解剖……鈴子？」

一成撐起上半身，抓住宮澤的白衣說：

「為、為什麼要解剖鈴子？她只是個9歲的孩子啊！」

「不光是鈴子，將來說不定還要解剖其他的遺體。」

「連我爸他們也要……？」

「這次的事件不能用平常的方式來處理，而且還關係著你們的生死，所以請大家一定要諒解。」

靜悄悄的大廳裡，堂島的聲音聽起來格外響亮。

「總之，這次的命令我們會做好準備，請各位照著宮澤的話去做吧。」

堂島說完的同時，幾個身穿白衣的護士走進了大廳。

「雖然我也想尊重大家的意見，可是目前的情況已經不允許了。你們是國王的目標，而我們跟各位站在同一陣線，同樣也有危險。誰能保證國王不會對我們做同樣的事呢……」

堂島緊閉著嘴唇，全身顫抖。看得出來，他很努力地壓抑內心的恐懼。

這一天，一成和奈津子在大廳裡度過了一夜。因為家裡成了凶案現場，堂島不允許他們回家。反正，他們也不想回去那個還留有家人慘死痕跡的屋子，所以就乖乖聽從堂島的指示了。

【8月13日（星期六）凌晨2點28分】

「喂……我們待在同一個房間，這樣真的沒問題嗎？」

一成對躺在旁邊，蓋著被子休息的奈津子說。

「你是女孩子，要不要到其他房間睡啊？」

「我不想一個人獨處嘛。」

奈津子望著大廳的天花板，這麼回答。

「現在……一個人的話……」

「嗯……說得也是。」

一成往窗戶外面看去，漆黑的山區上空繁星閃爍。如果是在平常的日子裡，一定會覺得這樣的夜景很浪漫，可是今天的他完全沒有這樣的感覺。

「喂，一成，國王遊戲要到什麼時候才會結束啊？」

聽到奈津子這麼問，一成的眉頭皺了一下。

「我也不知道。不過我想，只要找到國王，遊戲應該就能結束了吧。」

「國王……」

「我認為國王並不是我們村裡的人。我敢打包票，夜鳴村裡沒有一個人會做出這種喪心病狂的事情來。」

「嗯……你說得對。」

奈津子把臉轉過來對著一成說。她的眼眶濕潤，淚水滴落到棉被上。
「一成……我好害怕。」
「我也是。一想到自己隨時可能被殺死，就怕得不得了。」
「不……不是的。」
奈津子搖搖頭說。
「我……我雖然怕死，可是我更怕一成……還有大家會死。我怕國王會殺死我所愛的人。」
「奈津子……」
一成從棉被裡伸出手，緊緊握住奈津子的手說：
「妳放心，警方一定會盡全力保護我們的。剛才宮澤先生不是也說了嗎？他大概可以猜得到誰是國王。」
「嗯……嗯。」
「這個惡夢很快就會結束了……很快……」
「我知道，現在再怎麼擔心也解決不了問題。」
奈津子蒼白的臉上露出了微笑。
「……一成，你願意一直握著我的手嗎？」
「嗯。我會握著妳，直到天亮的。不過要是被別人看到，還真有點難為情呢。」
「現在根本沒有人會注意到我們。」
「是啊，在這種情況下。」

一成的視線移向大廳的門。警察的說話聲和腳步聲不斷地從門外面傳進來。

「早知道，應該找個比較有氣氛的房間才對。」

「只要能和一成在一起，哪裡我都無所謂。」

看到奈津子的手緊緊地握住自己的手，一成的心裡感到踏實多了。

——我喜歡奈津子。無論如何，我都要保護奈津子，不管發生什麼事……

【8月13日（星期六）上午8點53分】

大廳的門被打開了。堂島帶著他的手下淺川走了進來。大概是沒有睡覺的緣故，堂島眼睛下面出現了一輪黑眼圈。

「一成、奈津子……頭顱送來了。」

聽到這句話，一成的表情緊繃了起來。

「頭顱……」

「其他的村民們都到廣場集合了，你們兩個也快去吧。」

一成和奈津子跟在堂島後面。走出大廳穿過昏暗的走廊，就是集會廣場。

其他的村民早就已經在那裡等待了。在他們的面前有一張長長的桌子，桌面上擺了好幾個長寬約50公分的白色木箱子。

一成緊咬著嘴唇。偌大的廣場上一片靜悄悄，只聽到堂島的說話聲。

「箱子裡面裝的是死去村民的人頭。你們只要把這些箱子放到告示板前面就行了。這樣就算完成這次的國王命令。由誰先開始都沒關係，那麼，就從做好心理準備的人開始吧。」

堂島的說明結束後，道子立刻走上前去。她毫不猶豫地從長桌子上拿起一個白色木箱子，然後往前方10公尺的告示板走去，把箱子放在鋪了白布的桌子上。

「好，這樣就完成了吧。」

說完，道子看著一成他們說：

「你們也快點把事情做完吧！既然遲早都得做，這樣拖拖拉拉的有什麼意思呢？」

「道子說得沒有錯。」

堂島走到村民的面前說：

「我知道大家的心裡很排斥，可是在找到國王之前，要是不服從命令的話，就會有生命危險。我不會勉強大家，但是希望你們能在今晚12點以前完成。要怎麼做由你們自己決定。不管怎麼說，我們都會盡全力找出國王的。」

話一說完，堂島便轉過身背對著一成他們，逕自走開了。

堂島離開集會所之後，道子的父親篤志嘖了一聲，往長桌子走去。他拿起最旁邊的一個白色木箱子，走向告示板。修平和修平的父親浩司看到之後，也走向長桌子。

「唔……」

看著眼前這幅光景，一成難忍痛苦地把臉撇開。

——實在是太沒有人性了。被國王殺死之後，頭顱還要被切下來，公開示眾……

一成轉身背對著長桌，往另一個方向走開，奈津子驚嚇得在他背後大聲呼喚。

「一成！不服從國王命令的話，你會……」

「我知道。可是……我現在辦不到！我先去找個地方靜一靜。」

一成離開廣場後，朝著通往森林的步道前進。平常熟悉的風景，這一刻卻像渲染過的水彩畫一樣模糊不清。

——我當然知道，活著的人比較重要。把人頭放在告示板前面才是正確的做法。可是明知如此……我還是……

當他走回到自家門前時，發現玄關的門已經被貼上禁止進入的膠帶。

一成從玄關旁邊經過，來到了院子。廊台上的擋雨門也緊閉著，無法從那裡進入室內。一成突然覺得身體變得無比沉重，於是在避雨的廊台上坐了下來。眼前的楊梅樹隨著風沙沙地搖晃著。一成發呆似地凝視著這幅光景，深深地嘆了一口氣。

「爸……奶奶……我該怎麼做才好？」

【8月13日（星期六）中午12點23分】

當太陽快升到頭頂上空時，一成終於下定決心，要服從國王的命令。

憔悴不堪的一成站了起來，慢慢地往外面走去。經過玄關的拉門前時，突然停下了腳步。

「不……不會吧？」

一成看到拉門的夾縫處，有一封黑色信件。

「怎麼可能！今天的命令不是已經寄到了嗎！」

一成用顫抖的手，打開信封。

【這是全體居民強制參加的國王遊戲。收到國王的命令後，絕對要在8月13日之內達成使命。不允許中途棄權。命令7：本多一成獨自到矢倉山的鐘乳洞。不服從命令的話，全村的人都會被殺死。通報警方的話，一樣要殺死全村的人。】

「這是……」

一成再三確認信件的內容。雖然字體和之前的一樣潦草，可是筆跡似乎有些微的不同。

——這真的是國王寫的信嗎？好像不太對勁。可是，如果這真的是國王的信，那麼……

一種萬蟲鑽身的恐怖感，瞬間爬上了一成的背脊。

「可惡！也只有去了！」

一成把信塞進口袋裡，然後開始跑。

爬上野草叢生的斜坡後，看到了一條細長的山路。前方的兔子發現一成，匆忙地跳進野草叢中。一成像是在追那隻兔子般，在草叢中快速前進。

——如果國王在那裡，我一定要把他抓起來！這樣，國王遊戲就可以結束了！

鐘乳洞的入口處同樣長滿了雜草，不過從縫隙看去，還是可以望見洞穴內光滑的石灰岩。一成小心翼翼地觀察四周，悄悄走進鐘乳洞內。一踏進洞穴，就感覺到陣陣冰冷的空氣輕拂著臉頰，而且隱約可以聽到不知從哪裡傳來的流水聲。

「糟了……忘記帶手電筒了。」

一成咬緊嘴唇，用手揉著眼睛。儘管從入口處射進的光線，讓眼前的視野不至於變成零，但是越往裡面走，就越昏暗。他想起幾年前，曾經和勇二一起到這座鐘乳洞探險。當時雖然備有充足的食物，也帶了手電筒，但是因為洞內的空間比他們想像中還要大，所以走到一半就放棄繼續探索，打道回府了。

「看這樣子，我也不知道該往哪個方向走才好……」

一成邊走邊嘀咕。這時候，突然有一道手電筒的燈光照著一成的臉。

「是、是誰？」

「這……這聲音是……一成？」

這是一成很熟悉的聲音。砂子上的腳步聲越來越大，透過手電筒流瀉出的光線，一成確認眼前的人就是大輝的母親百合。

「啊……百合阿姨，妳怎麼會在這裡？」

「我在家裡收到國王的信，信中要我一個人到這座鐘乳洞來。」

「妳也收到信了嗎？我也在我家的玄關收到國王的信呢。」

一成把手伸進口袋，拿出國王的信給百合看。百合驚訝地瞪大眼睛，手摀著張大的嘴。

「也說不定還有別人收到。因為，剛才我有看到運動鞋的鞋印。」

「運動鞋的鞋印？是新的鞋印嗎？」

「是的，非常清楚。而且那個腳印比我的大很多，我想一定是男人的。」

「男人……」

一成緊閉著嘴唇。

——或許，那個鞋印就是國王留下的。說不定，他就埋伏在鐘乳洞的深處。

「百合阿姨，妳是在哪裡看到鞋印的？」

「就在地底湖那邊，距離這裡大概有5分鐘。」

「好！我們快去看看吧！」

一成從百合那裡接過手電筒之後，繼續往鐘乳洞內部前進。眼前的光景就好像有數百根蠟燭同時融化了一樣。岩壁上吊掛著蝙蝠，深色的身體不停地抖動。

水滴落下時發出啪噠、啪噠的聲響，聚積在地上的水浸濕了一成的鞋子。沒走多久，在手電筒的燈光照射下，地上果然出現一個男人的鞋印，一旁還有百合的鞋印。

「就在前方吧……」

一成沿著鞋印，繼續往前追蹤。

幾分鐘之後，眼前的視野突然變得豁然開朗，那是一個巨大且寬闊的空間，下方還有一個深色的水潭。這裡也有溪流嗎？潭水在手電筒的燈光下，汩汩地流動著。

就在這時候，站在背後的百合突然「啊」地叫了一聲。

「一成，好像有人倒在那裡。」

「咦？在、在哪裡？」

一成拿著手電筒，往百合指的方向照去。就在前方不遠處，有一處比他們所站的位置還要低5公尺的地方。那裡散落著一堆小石子，還有一個身穿T恤、牛仔褲的男子趴臥在地上。肥胖的右手浸泡在水中，手肘的部分還沾著血跡。

從身材和短髮的造型看來，應該是熟識的人。一成用沙啞的聲音，呼喚那個倒臥男子的名字。

「勇……勇二……」

一成的雙手扶著地面，從崖上探出頭看。

「勇二！你沒事吧？勇二！」

叫了好幾次，勇二還是沒有反應。

「可惡！難道勇二也跟我們一樣，被國王叫出來，然後被殺死了嗎？」

「一成，現在該怎麼辦？」

百合從一成的背後這麼問。

「要是放著不管的話，勇二會……」

「我們去找找看，有沒有地方可以下去。」

一成邊沿著山崖邊緣前進，邊用手電筒尋找可以下去的地方，可是找了好一會兒，還是沒有發現可以踩踏的地方。

「唔……難道真的沒有辦法嗎？這邊也是……」

「一成……」

「什麼事，百合阿姨？」

一成一面看著懸崖下方，一面回答。

「為什麼沒叫大輝去摸屍體呢？」

「咦？」

突然間，一成的背後被推了一把。接著，他的前髮往上飄起，整個人往下快速掉落。透過眼角餘光，一成看到兩手往前伸出、表情有如能劇面具一般毫無表情的臉。

——百合阿姨？為、為什麼……

一成的身體受到極大的衝擊，思考也因此暫停。

「唔……唔……」

因為喘不過氣，痛苦擴散到全身，嘴巴只能一開一合地抽動。一成本能地想要吸入空氣，可是空氣卻無法抵達肺部。最後費了好大的勁，微微轉動了一下脖子，才勉強看到站在崖上的百合。

「百……百合阿姨……？」

「是不是無法呼吸？這樣，你就能了解大輝的感受了吧？」
百合依然面無表情，只有嘴巴在動。
「大輝也是無法呼吸而死的，因為你們沒有告訴他國王遊戲的事。」
「那是……那是因為……」
一成勉強撐起身體，臉上的表情因為痛苦而糾結在一起。
「因為那個時候……我還不相信國王遊戲……其他人也是一樣啊！」
「……那些都不重要了！反正是你們害死了大輝！這是事實！所以，我要向你們每個人報仇！」
「你們……？難道，勇二也是被妳推下來的……？」
「沒錯，是我。跟你一樣，我也寄了一封假的國王信件給他。」
百合的瞳孔閃過一道銳利的光芒。
「是道子告訴我的。你們知道大輝10歲了，卻不讓他去玩試膽遊戲。所以，只有你們活下來。」
「百合阿姨……」
「現在，我也要讓你們因為國王遊戲而死。你還沒有把人頭放在告示板的前面吧？」
「難道……勇二也沒有放嗎？」
「是的，我已經向他確認過，才把他推下去的。」
百合發出的尖銳笑聲，在鐘乳洞裡迴盪著。

「我要你們跟大輝一樣，都受到國王的懲罰而死，去向天堂的大輝謝罪。」

「百合阿姨，我們沒跟大輝說，的確是我們的錯，可是妳也不可以這麼做啊！」

「瞧你怕死的樣子，既然這麼想活下去，就應該趁早服從國王的命令不是嗎？」

百合的笑聲中帶著悲傷，說道：

「你無法從那裡逃出來的。在午夜0時之前，你就慢慢地品嚐死亡的恐懼吧。這就是我為心愛的寶貝兒子大輝所做的復仇。」

說完之後，百合慢慢地轉過身，離開了懸崖。

「等一下！至少……至少救救勇二吧！」

一成拼命地求情，可是百合完全沒有回應。

「為……為什麼……會變成這樣……」

一成忍著全身的劇痛，撿起掉在地上的手電筒。雖然上面沾滿了泥沙，不過燈還亮著。一成拖著虛弱的身體，走向倒在地上的勇二。

「勇二！你要不要緊？」

一成用力搖晃勇二的肩膀。過了一會兒，勇二的眼睛終於有了動靜，他努力地眨了幾次之後，滿是血水的嘴唇終於開口說話了。

「唔……一、一成？」

「是我！你沒事吧，勇二？你的嘴裡都是血啊！」

「應該……沒事。只是有幾顆牙齒鬆動了……」

勇二撐起身體，下巴左右動了動，皺著眉說。

「百合阿姨突然把我推下來。我實在不懂，為什麼她要這麼做。」

「……她好像把大輝的死，怪到我們頭上了。因為在第一道命令的時候，我們沒有通知大輝。」

「那怎麼能怪我們呢？就算說了，百合阿姨也不會讓大輝去摸屍體吧！那個時候，根本沒有人相信什麼國王遊戲啊！」

「我也是這麼解釋，可是她完全聽不進去。大輝的死，可能讓她的精神出了狀況吧。」

「或許吧……這也難怪，百合阿姨自從丈夫因病去世之後，就一直和大輝兩個人相依為命。」

「是啊……」

一成低下頭，無奈地嘆了一口氣。剛才他和站在崖上的百合四目相對時，就已經感覺到她的哀傷和瘋狂。唯一的兒子大輝死去了，之後村民又接二連三地橫死，任誰也承受不了這樣的打擊。想到這裡，一成實在無法痛恨那個想要殺死自己的百合。

「以後一定要找機會好好向百合阿姨解釋。我想她一定會諒解的。」

「希望如此。不過當務之急，是怎麼從這裡回到村子，而且要趕在12點之前。」

「對了，勇二，你也還沒服從命令嗎？」

聽到一成這麼問，勇二粗厚的雙眉動了一下。

「我跟你一樣，一想到那個小小的箱子裡裝著爺爺的人頭，身體就無法動彈。」

「原來我們都有同樣的想法……可是，現在我們也只能乖乖地服從命令了。我想，久藏爺爺一定希望你活下去，我爸和我奶奶也是……」

「我知道。自從陷入這種情況之後，我覺悟了。我們絕對不能就這樣輕易地死去。一定要想辦法阻止國王遊戲。」

「是啊，我們要活著逃離這裡才行！」

一成拍著勇二的肩膀這麼說。

【8月13日（星期六）下午2點41分】

一成拿著手電筒，朝懸崖的方向照去，可是光滑的岩石表面，完全找不到可以攀附的施力點。看樣子是爬不上去了。

「就算站在勇二的肩膀上，也爬不上去啊。」

一成凝視著上方，喃喃地說。

「百合阿姨知道從這裡逃不出去，所以才會把我們推下來吧。」

「說得也是。這麼一來，我們只好到地底湖的另一邊，看看有沒有出路了。」

勇二表情嚴肅地指著地底湖另一邊的懸崖。

「那邊好像有地方可以爬上去。」

「嗯，可是……」

一成單膝跪地，把手伸進地底湖中。黑不見底的湖水，冷得讓人幾乎麻痺。

「問題是，這湖水這麼冰，怎麼游？而且，水裡漆黑一片，完全看不清楚。」

「也就是說，這和白天在河裡游泳不一樣……」

「嗯。距離看起來只有20公尺……勇二，你游得過去嗎？」

「如果是平常應該沒問題，不過今天，我的右腳恐怕有點困難。」

「有點困難？是受傷了嗎？」

「應該只是一點挫傷吧。我還站得起來，就表示應該沒有骨折。」

勇二把右腳往前伸出一步，臉馬上就皺了起來。

「唔……」

「喂，你這個樣子怎麼游泳呢？這湖水看起來不淺，腳可能碰不到底耶。」

「不……在水裡我反而比較放心，因為水的浮力可以減少體重的壓力。」

「話是沒錯，可是萬一溺水的話……」

「即使如此，至少是溺死，而不是被斷手斷腳。如果橫豎都得死的話，我寧可因為游泳溺水而死。」

「……好吧。那麼，要是你撐不住的話，要趕快抓住我的肩膀喔。」

一成這麼說，然後脫掉T恤，纏在自己的頭上，然後把手電筒塞在T恤和頭之間的縫隙。試著走了幾步，確定手電筒不會掉落之後，就靜靜地潛入水中。

「唔……」

水溫冰得讓人皮膚感到刺痛，一成不由得叫出了聲音。

「喂？你不要緊吧？一成？」

勇二不安地看著一成問。

「嗯……沒事。應該沒問題。」

「好，那就由你先帶路，我跟在你後面。」

勇二縮起了巨大的身軀，跟著慢慢潛入水中。

「咿咿！不、不妙！這樣恐怕無法游太久。」

「我知道，所以要盡快游到對面去啊！」

一成把頭伸出水面，以蛙式的姿勢前進，同時聽見了後方勇二傳來的啪颯啪颯拍水聲。隆起的水波剛好打在一成的臉上，然後又向周圍濺開。

「唔……」

——冷靜。只有20公尺而已，就像平常在河裡游泳一樣，這點距離不算什麼，不會有問題的。

手電筒的燈光持續地照在對岸的山崖上。

「還剩下一半。加油，勇二！」

「好的！」

兩個人一面相互呼應，一面划動手腳。

游了好一會兒，一成的手終於觸到了岸邊。

一成鬆了一口氣，然後捉住朝他游過來的勇二。

「好、好！達陣！」

「太好啦，一成。」

「嗯。我想，到這裡應該就沒問題了。」

一成和勇二同時從水裡爬上來。一成快速地取下手電筒，用T恤擦乾手電筒上的水滴。

「手電筒也沒壞呢。」

「哈哈！太好了！」

手電筒的燈光照著勇二雪白的牙齒。他的牙齒還發出喀噠喀噠的聲響。

「雖然水冷得要命，不過總算沒有白游。」

「就是說啊，不過接下來可就傷腦筋了。」

一成拿起手電筒，照了一下四周的環境。他們目前的所在之處，是像梯田一樣以岩石層層堆疊而成的，上面還有幾根形狀歪斜的石柱。柱子後面可以看到足以讓人通過的空隙。

「好，開始尋找出口吧。」

「勇二，你走得動嗎？」

「不是走不走得動，而是非走不可，不是嗎？」

勇二豎起拇指笑著說。

「要是我們能平安活下去，就要去吃串烤丸子吃個痛快。我要吃紅豆糊口味。」

「對啊，你最愛吃紅豆糊了，我比較喜歡吃有顆粒的。」

「喂！紅豆餡就是要吃糊糊的那種才好吃啊，口感多棒啊。」

「誰說的，顆粒的比較好吃，一顆顆的紅豆嚼感十足……等等，現在不是爭這個時候吧！」

一成拍拍勇二的肩膀說：

「等我們逃出去之後，再來爭辯紅豆餡吧！」

兩人看著彼此，忍不住笑了出來。

一成穿著濕透的T恤，在巨大的岩石間攀爬前進，手電筒的燈光照在像是融化狀態的藍白色岩石上，那光景彷彿置身在異世界一般。可是，手一碰觸到光滑的岩石表面，水就不停地滲出來，很快就在腳底下積成了一灘水。

勇二的聲音從背後傳來。

「一成，怎麼樣？可以繼續往前走嗎？」

「嗯……等、等一下！」

一成爬上最近的一塊岩石，拿著手電筒往上照去。在前方幾公尺的地方，通道突然變得非常狹窄。

「嘖！這邊行不通！」

「那就只好沿著牆壁往左邊前進了。」

「嗯。有點窄，不過可以試試看。」

一成從岩石上面看著左側的岩壁。越往上地勢越複雜，而且從天井上面落下來的水滴，就像在下雨一樣。

「希望那裡可以通往出口……」

「一成，你就是愛瞎操心。這種事情多想也沒有用。往前走就知道答案啦。」

「你說得對。與其想破頭，還不如採取行動。」

一成緊閉著嘴唇，牢牢地握著手電筒說。

一成和勇二在鐘乳洞裡來回地走著，遇到前面沒有路就折返，往另一條路探索。要是同樣行不通，就再找別的出路。走了好一會兒，原本濕透的T恤都乾了，不過額頭上還是繼續冒出汗珠。

一成嘆了一口氣，檢查了一下手電筒的燈光。雖然只有些微的差別，不過光線好像比剛才弱了一些。

「電池的電大概快用光了吧。」

背後傳來勇二慌張的聲音。

「真的假的？這可不是開玩笑的。在漆黑中行進，是很危險的。」

「我知道啊，所以我們要再走快一點！」

一成把身體塞進兩根鐘乳石柱中間，試著橫向前進。勇二也跟在他後面。一成清楚地聽到，勇二的右腳在地上拖行的聲音。

——勇二的腳受了傷，繼續這樣繞來繞去實在太吃力了。雖然距離期限還有不少時間，不過下山也需要時間，所以一定要趕在10點之前離開鐘乳洞才行。要是有戴手錶的話，就可以知道正確的時間了。

「喂，勇二，你知道現在大概幾點嗎？」

「這個——我剛才昏過去了。不過，平常我都是靠肚子來計算時間的。我猜從地底湖游上岸之後，應該過5個小時以上了吧。」

「5個小時以上……這麼說的話，現在差不多是晚上9點左右了？」

一成的喉嚨明顯地上下移動著。

許多。

——可惡……再這樣下去我們會死在鐘乳洞裡的，必須想辦法才行。

從像階梯般層層堆疊的岩石上攀爬下來之後，水流聲突然變得清晰可聞，視野也變得開闊許多。

眼前出現了一條約1公尺寬的小河。由於大量的水流進自然生成的隧道內，所以水面非常湍急。

「這邊也無路可走嗎……啊！」

一成發現隧道上方可以看到夜空，而且洞口處隱約可以看見野草的末梢在飄動。

「有了！找到出口啦！」

「喔？真的嗎？一成。」

「是啊，你看那邊！就在那裡……」

一成的笑容僵住了。因為那個連到外面的洞穴寬度，只能容納一個人通過。而且在此之前，還必須先爬上4公尺高以上的垂直山壁，才能抵達那個洞口。

一成走近垂直的山壁，拿著手電筒到處探照，然而就是找不到可以踏腳的地方。

「唔……好不容易發現出口了，偏偏……」

「這樣的高度，就算把你扛在肩膀也上不去啊……可惡！」

勇二對著遙不可及的洞口，扯著嗓子大喊：

「喂——！有人在那裡嗎？喂——！」

站在勇二身旁的一成也跟著大聲喊叫，可是外面完全無人回應。洞口附近好像沒有人，只有颯颯的風聲不斷地傳進來。

「還是不行嗎……」

「為什麼沒有人呢？村子裡面不是到處充滿了警察嗎？」

「之前為了不讓人發現，所以是偷溜出來的。而且警察好像也沒有監視山區這邊。」

一成巴望著洞口這麼說。

「他們擔心我們會逃到山下的村子，所以只監視通往下山的道路。」

「哼。也許對那些警察來說，我們在這裡被國王殺死，反而省得麻煩。因為嫌疑犯一下子就少了下兩個。」

勇二自暴自棄地說。

「警察淨是說些好聽的話，其實根本派不上用場。要是早點把國王抓起來，就不會死這麼多人了！」

「冷靜一點，勇二。」

「這種情況叫我怎麼冷靜！因為警察的無能，我們都得賠上性命耶！」

「還有時間，不要擔心。」

「可是像這樣跟無頭蒼蠅一般到處亂找，會來不及趕下山的。」

「這……」

看到一成陷入沉默，勇二也降低了音量。

「我不恨百合阿姨，我恨的人是國王！國王害我們全村的人都快要死光了。百合阿姨之所以想要殺我們，也是國王造成的！」

「勇二……」

「可惡！要是找到國王的話，我一定要狠狠修理他一頓再交給警察。」

勇二一面說，一面踢開腳邊的一顆小石頭。小石頭發出啪咚的聲音，掉進了河裡。一成看到後，眼睛突然睜得大大的。

「啊……」

「嗯？怎麼了？」

「還有……另一個出口……」

「還有出口？在哪裡？」

「就是這條河經過的隧道啊！」

一成指著河水流入的狹窄洞穴說。

「既然上面有出口，那麼這條隧道通道外面的可能性也很高。而且距離應該更短。」

「不……不行，這樣太危險了！一成。」

勇二用力搖頭反對。

「誰知道隧道裡面會發生什麼事？搞不好連可以呼吸的空間都沒有。水流又這麼強勁，太危險了啦！」

「我知道很危險，可是現在也只有放手一搏了。繼續待在這裡，會因為違背國王的命令而死，而且，我們也沒時間再去找其他的出口了。」

「可、可是……」

勇二臉色慘白，眼睛直楞楞地盯著大量河水流進的隧道。

「不、不可能啦。在水裡無法使用手電筒耶，你是不是瘋啦？」

「放心，潛進去的人只有我一個。勇二，你先在這裡等我，我到了外面之後，會回來把你拉上去的。」

「你打算一個人去嗎？」

「是啊，兩個人去一點意義也沒有。」

「既然這樣，我也要跟你一起走。我不能只讓你一個人去冒險！」

「不行！你的塊頭那麼大，腳又受了傷。還是我去比較適合。」

一成把手電筒交給勇二，脫下T恤，用手掌拍拍細瘦的胸膛說：

「勇二，你在這裡等我，我很快就會回來救你的。」

「一成……你……」

「不用擔心，我可不打算死在這種地方。」

一成露出白色的牙齒笑著說。

「勇二，你只要拿著手電筒，盡可能地往隧道裡面照就行了。」

「喔、好，我知道……可是，你真的要這麼做嗎？」

「沒有時間了，現在只能孤注一擲。」

一成說完，便轉過身背對著勇二，往河裡走去。牛仔褲的腰帶泡到水的同時，腳也觸到了河底。深度大概1公尺左右。

一成的背部被強力的水流往前推擠，人逐漸往幽暗的隧道深處靠近。一想到接下來就要被吸進這個隧道裡，一成頸部後面的汗毛全部豎了起來。

在湍急的水聲中，隱約可以聽到勇二傳來不安的聲音。

「一成……一發現情況不對，就要折回來啊。」

「好，我知道。」

一成壓低了腰準備下潛。啪噠啪噠地打在臉頰上的水花，冰得讓人幾乎麻痺。加上從洞穴深處傳出咕嚕咕嚕的水流聲，讓一成感到無比恐懼。

「唔……」

一成的雙手放在隧道的邊緣，慢慢地、深深地吸了一口氣。

——要是我不逃到外面的話，勇二也會死在這裡。只有放手一搏了！

他大大地張開嘴，把周圍的空氣吸進嘴裡，然後閉氣潛入隧道內，接著就任由水流載著他的身體前進。照進水裡的手電筒燈光很快就看不見了，不管眼睛睜得再大，四周還是伸手不見五指，一成的心跳不由得越來越快。

——已經沒有退路了。只要還有一口氣在，就一定要繼續前進！

一成下了這樣的決心後，兩腳從水底伸起。就這樣，身體在水流的衝擊下，往前移動了好幾公尺。

接著，兩手往前左右張開，指尖很快就碰到了光滑的岩石表面。他一面確認岩石和身體的位置，一面往隧道的深處繼續前進。因為呼吸感到有點困難，所以微微地張開了嘴。

——保持冷靜。到現在為止，應該只潛了10秒而已。絕不能慌張。

一成的雙手交互地划動，繼續往前推進。右肩撞擊到了岩石，一股疼痛滲進身體裡，不過一成沒有停下動作，繼續划動手腳，扭動身體。

此時的一成已經失去上下左右的方向感，身體完全被冰冷的水包覆。不過他沒有放棄，靠著體內殘存的少許氧氣繼續往前。

——還沒到外面嗎？潛進水裡已經過40秒了吧。

一成的嘴裡開始吐出氣泡。和剛才不一樣，他很清楚體內的氧氣越來越少了。

——唔……越來越不妙了，再撐20秒就是極限了……

偏偏這時候，背部和胸口同時撞擊到岩石，身體就這樣被卡住。

「啊……唔……」

一成反射性地張開嘴，大量的水瞬間流進喉嚨的深處。一成的表情痛苦地扭曲，手腳死命地掙扎，然而就是無法從狹窄的通道抽出身來。

他盡可能地睜開眼睛，但是周圍什麼都看不見。僅存的理性，在這一刻全都消失了。

一成用腳尖站在河床上，身體左右扭動。

——已經……快要……沒……氣了……

就在嘴裡吐出大量泡沫的瞬間，身體「咻」地從岩石之中抽離了。一成憑著體內僅存的氧氣划動四肢，可惜還是沒能游出隧道。

——不行了……奈津子……對不起……

一成的意識越來越模糊。朦朧中，他想起了奈津子的身影，眼淚不自覺地流下。

——要是我死了的話，奈津子會哭吧？那傢伙可是個愛哭鬼呢。對了……那隻兔子布偶……還沒有拿給她呢……

一成把手伸向奈津子。手指前端的水壓突然消失，接觸到了空氣。差一點就閉上眼睛的一成，看到了搖曳的月影，硬是擠出最後一絲力氣，腳用力往水底一蹬。

就像一頭從水裡竄出的鯨魚一樣，一成的頭從水中冒了出來。

「噗哈……哈……」

一成趕緊把水吐出來，鼻子同時吸入空氣。因為缺氧太久，導致身體顫抖不止。

每呼吸一口新鮮的空氣，眼前的視野就變得更加清楚。一成站立的地方，是一個左右兩邊都有大石頭的河中央。河水的深度約在腰際處，而且水一直往下流去。

不知道是不是被突然從河中冒出的一成嚇到，在岸邊閃閃發出淡淡光芒的螢火蟲，一下子全部飛了起來。一成拖著沉重的身體，踉踉蹌蹌地爬上岸邊，然後倒在草地上躺著。剛才還搖晃不已的月影，現在已經可以清楚地看見了。

「哈……成、成功了……」

調整好混亂的呼吸後，一成再度站起來。反射著月光的河底，就是剛才自己穿過的那個隧道口。岩石交互堆疊的地方，還可以看見被河水捲上來的泥沙。

「沒想到我居然能游過那麼狹窄的隧道……」

一回想起剛才被卡在隧道內，進退不得的困境，一成不由得打了個寒顫。要是再晚個幾秒鐘才浮上來，自己恐怕早已經一命嗚呼了吧。

「對了，還要救勇二出來才行！」

沿著雜草叢生的斜坡，一成看到了剛才在鐘乳洞內發現的那個洞口。

「好！這樣應該辦得到！」

一成把纏繞在五葉木通灌木上的藤蔓扯下，沿著斜坡爬上去。

【8月13日（星期六）晚間10點33分】

一成把幾條五葉木通的藤蔓揉成一束，做成應急繩索，纏繞在附近一棵樹木的主幹上，把勇二拉了上來。一成用力拍打著剛從鐘乳洞脫離、一臉興奮的勇二背部說：

「待會再高興吧！我們先趕回村裡再說！12點以前不達成國王的命令，我們兩個都會沒命！現在還不能鬆懈！」

「你、你說得沒錯。一成，時間還來得及嗎？」

「我也不確定，應該很緊迫，我們用跑的吧。」

「嗯，好！」

就這樣，兩個人朝夜鳴村飛奔而去。

用手撥開覆蓋著山路的枝葉後，遠遠地就能看到夜鳴村。無數支手電筒的燈光，就像之前在水裡看到的螢火蟲一樣，在村子裡不停地來回移動。

一成笑著對跟在後面的勇二說：

「看到村子了！勇二，還差一點。」

對於一成的話，勇二沒有任何反應。只見他單腳跪在地上，呼吸非常急促。看到這副模樣的勇二，一成趕緊跑上前去。

「勇二！你不要緊吧？」

「……唔！可惡！我的腳……動不了啦。」

「傻瓜！好不容易跑到這裡，怎麼能放棄呢！」

一成拉著勇二粗壯的手臂，硬要將他拉起來。

「村子就在前面了啊！」

「可、可是，我的腳已經舉不起來了。」

勇二咬緊牙關，發出喀嘰喀嘰的摩擦聲說：

「一成……別管我了，你先回去吧。已經沒有時間了。」

「開什麼玩笑！我怎麼可能丟下你不管！就算用拖的，我也要把你拖回去！」

「一成……」

「不要再說了！有力氣說這些，不如動動你的腳！」

一成拉著勇二的身體，繼續在山路上前進。

「我絕不會讓你死的！」

當一成和勇二出現在集會所前的廣場時，堂島一臉怒氣地跑了過來。

「你們兩個去哪裡啦！除了你們之外，其他村民都完成命令了。現在距離12點只剩下3分鐘而已啊！」

「我知道！詳細的情況之後再跟大家解釋！」

一成推開堂島，拿起擺在長桌上的一只白木箱，毫不猶豫地遞給背後的勇二。

「快點！勇二！」

「好……好……」

勇二拖著搖晃的身體，往告示板方向走去。一成也拿起另一個白木箱，跟在勇二後面。

兩個人把箱子放在告示板前的桌子之後，不約而同地倒在地上。

「總算……趕上了……」

遍佈全身的大小傷口和疲勞感，讓一成真實地感受到自己還活著。在慌亂的呼吸中，一成轉頭看著仰躺在旁邊的勇二。確認他的胸口還在上下起伏振動後，一成才鬆了一口氣。

「太好了，勇二。」

「嗯……是啊……」

勇二虛弱地笑笑。

「我以為沒希望了……幸好及時趕上了……」

「是啊，我本來也以為這下完蛋了呢。」

「哈、哈哈……就、就是說啊。」

勇二撐起身體，看著一成說：

「一成……謝謝你。多虧有你，我才能撿回一命。」

「真是的，說什麼謝。一點也不像你會說的話。」

「喂，我這個人也是懂得感恩的。而且，我是真心感謝你。」

「真心感謝……是啊……」

一成收起笑容，靠著力氣幾乎用盡的雙腳，吃力地站了起來。他對著擺放在眼前的白木箱合起手掌。坐在地上的勇二看到後，也跟著合起手掌。

就在兩人低頭默禱的時候，背後突然傳來女人說話的聲音。

「你們兩個……怎麼會在這裡？」

是手裡拿著藍色包袱的百合。她搖晃著零亂的頭髮，一步步朝一成他們走了過去。

「那個地方是不可能逃出來的啊……」

「百合阿姨……」

一成用哀傷的聲音叫喚著。

「我們游過地底湖，從另一個方向找到了出口。過程中遇到很多危險，不過總算趕在時限內回來了。」

「不可以……怎麼可以這樣！大輝死了，你們怎麼可以活著！」

「百合阿姨，大輝的事我們也覺得很愧疚，可是我們真的沒想到事情會變成這樣！而且，就算我們找大輝出來玩試膽遊戲，百合阿姨也不會答應，不是嗎？」

「誰說的！明明就是你們害死了大輝！一切都是你們的錯！」

百合把藍色包袱緊緊地抱在胸前，大聲咆哮道。佈滿血絲的眼睛充滿了瘋狂。

「去死去死去死……通通去死……」

咒罵的聲音突然中斷。百合的嘴歪斜地張著，動也不動。她帶著一臉不敢置信的表情，緩緩地低下頭，眼睛楞楞地望著自己的右手臂。瞬間，右手臂啪噠一聲掉落在地上。

「咦……」

百合發出了納悶的聲音，好像在問自己的身體一樣。手臂掉落的那隻袖子，一下子就被染成了紅黑色，鮮血滴答滴答地落在地上。

接著，左手臂和拿在手裡著的藍色包袱也掉了。

包袱鬆脫開來，一個小孩子的頭顱咕嚕咕嚕地滾到一成他們面前。那是百合的兒子大輝的頭。

「大、大輝……」

百合原本想去追滾落的大輝的頭，可是身體卻往前撲倒在地。她身上穿著的農夫褲不知何時也染滿了血。

「大……大輝……媽媽現在……就去陪你……」

失去雙臂的百合，用肩膀在地上吃力地匍匐前進。大概是雙腳也斷了吧，連農夫褲也褪了下去，現在百合的模樣看起來就像一條巨蛇。

「大輝……大輝……」

百合磨蹭著大輝的頭顱，臉上露出幸福的微笑，看起來身體一點也不痛的樣子。

「大輝……媽媽也要去天堂了，我們一起去吧……」

不一會兒，百合微笑的臉再也不動了。睜大的雙眼，直楞楞地看著大輝的臉。

一成拖著搖晃的身體，慢慢走近百合身邊。

「百合阿姨……沒有服從國王的命令嗎？」

站在旁邊的堂島張著嘴，難以置信地看著百合的屍體。

「白木箱全都拿到告示板前面了。一定是百合女士自己找出大輝的頭，然後偷了出來。如果是這樣，那她就不算完成命令。」

「為什麼要這麼做呢……」

「也許百合女士想死吧，因為死了就能和她兒子團聚了……」

「唔！就算百合阿姨這麼做，大輝也不會高興的！」

一成緊握雙拳，不停地顫抖。

「可惡……可惡……」

「你們兩個之所以不在村子裡，是因為百合女士從中作梗嗎？」

一成默默地點頭。

「原來如此……詳細情況，等一下說給我聽。你們兩個都受了傷，先去集會所，請醫護人員幫你們包紮吧。」

「堂島先生……」

「咦？什麼事？」

「請讓百合阿姨和大輝，在同一個地方長眠好嗎？」

「也是……百合女士的遺體必須先經過調查，等調查結束之後，我會將他們兩人的遺體安葬在一起的。」

「謝謝。」

「……不需要道謝，我們什麼都沒做。真的……什麼忙都沒幫上。」

堂島像在強忍痛苦般，表情扭曲地低著頭，望著倒臥在眼前的百合的屍體。

【8月14日（星期日）午夜0點24分】

一成和勇二被帶去集會所的臨時醫療室，接受醫護人員的治療。當醫護人員幫一成他們在被岩石磨破的傷口上塗藥時，窗外的另一邊，裝著百合屍體的袋子也正被堆上卡車。穿著白衣的宮澤站在卡車前方，好像在對警察們下達指示。

「百合阿姨……會被送去解剖嗎？」

聽到一成這麼問，正在幫他上藥的醫護人員口罩鼓了起來。

「應該是吧。不過他們的指揮系統和我們不一樣，所以詳細情況我也不清楚。」

「是嗎……？」

「是啊，我們只負責醫療，至於調查事件的起因，則是由別的單位負責。」

「難怪，穿白衣的人那麼多……」

「有好幾個人跑掉了呢。」

「跑掉？」

一成驚訝地看著醫生。

「這是怎麼回事？你們不是政府雇用的嗎？」

「是啊，而且酬勞非常優渥。可是這個工作有可能賠上性命，所以還是有人跑掉。」

醫生皺起那對夾雜著白毛的雙眉說：

「現在我們已經知道國王擁有跟死神一樣的可怕能力，如果他想殺死村子裡所有的人，也不是不可能。」

「死神……」

這個詞就像一把利刃架在脖子上一般，一成的臉色頓時變得一片慘白。

一成與勇二分道揚鑣後，獨自前往大廳，那裡早已經空無一人。長桌上蓋著餐罩，裡面擺著一大盤飯糰和醬菜。

「奈津子已經回去了？」

一成喃喃自語著，慢慢走到窗邊。之前載著百合屍體的那輛卡車不在了，不過廣場上還有幾名警察在那裡來回走動，好像在找國王的信。

「是啊……說不定又會發現國王的信。」

一成的牙齒發出小小的摩擦聲。

「可惡！國王遊戲到底要持續到什麼時候！」

雖然有股想要一拳擊碎窗戶玻璃的衝動，不過他還是忍住了。

沒過多久，一成突然發現情況不太對勁。

「為什麼……奈津子會離開呢？」

奈津子的母親弓子被殺死了，照理說奈津子應該不會獨自回去家裡才對啊。

一成才剛跑到集會所外面，就被堂島的部下淺川發現，朝著他走了過去。

「一成，你要去哪裡？」

「我想回家換件衣服，很快就回來。」

「那麼，等你回來之後，請把神田百合的事情說給我們聽吧。還有，如果你要進去山裡的話，記得先向我們報備。為了保護你們的性命，這是必要的手續。」

「好……我知道了。」

一成輕輕地點了頭，從淺川旁邊走過。

道路兩旁的草叢中和田裡，可以看到有好幾名警察正拿著手電筒在四處搜索。

「怎麼樣？找到了沒？」

「沒有。民家的信箱怎麼樣？信件最初就是投進信箱裡，所以敵人很可能會重施故技。」

「都找過了。現在只剩下屋頂了。」

「吉田北署的人已經爬梯子上去檢查了。」

「那麼，我們去墳場找吧。」

幾名警察匆忙地往村郊的墳場跑去。

——還沒有找到國王的信嗎？

到目前為止，國王的信都是放在明顯的地方，可是，這次動用了這麼多警察四處尋找，卻還是沒有任何發現，可見其中一定有什麼蹊蹺。沒有發現國王的命令，原本應該是值得慶幸的事，可是一成的心裡卻一直發出不安的警報。

——肯定會出事，而且跟之前不太一樣……

奈津子家裡的燈並沒有點亮。一成小心翼翼地拉開拉門，盡量不碰到玄關前拉起的禁止進入膠帶。

「奈津子！妳在家嗎？奈津子！」

一成打開玄關的燈，走上木地板的走廊。每次腳下傳來嘰軋嘰軋的聲音，他的身體就不由自主地往後退縮。

才打開最後一扇房間的紙門，一股淡淡的血腥味立刻撲鼻而來。看到圍爐周邊的榻榻米上面殘留的血跡，一成馬上聯想到那裡就是弓子的死亡地點，不由得感到陣陣顫慄，可是他還是拼命忍住想要往外逃跑的衝動，繼續往奈津子的房間走去。

「奈津子……我要開門囉。」

一打開門，肥皂的香味立刻飄過來。一成把手伸向房門旁邊的開關。

三坪大的房間瞬間亮了起來，可是裡面一個人影也沒有。一成走近奈津子使用的書桌，上面還擺著教科書、兔子的照片，還有一本看起來像是俄國的愛情翻譯小說。

「奈津子……」

一成內心的不安越來越強烈。

——果然不對勁。可是，奈津子已經沒有其他地方可以去了啊……

他把視線移向窗戶。從屋內透出去的光，清楚地照出院子裡的倉庫。

一成突然想起，幾天之前奈津子跑進倉庫裡哭泣的事。

「會在……倉庫裡嗎……？」

打開倉庫厚重的門，陣陣嗆鼻的藥味直撲而來，一成的臉不禁皺了起來。他打開從奈津子家玄關拿到的手電筒，黃白色的燈光立刻照亮了約五坪大的空間。倉庫的地上堆著好幾個大大小小的木箱，倚在牆邊的櫃子也擺了好幾個老舊的壺。

那些壺上面都寫了字，不過因為是用草書體書寫，一成根本看不懂，只知道其中有幾個貼著寫有「毒藥危險」的紙條。大概是奈津子的母親弓子寫的吧。

「這裡面裝了毒藥嗎？難道是奈津子的奶奶用過的？」

奈津子的祖先是咒術師，這些舊壺一定是當時用於咒術的藥品或道具吧。

在手電筒的燈光下，一成隱約還看到了彎曲的枯樹枝和混濁的水晶。

一成拿起一本沾滿灰塵的舊書。打開一看，泛黃的紙張上面所寫的文字，同樣是草書體，其中還用毛筆畫了昆蟲和爬蟲類的圖。蜈蚣、蜂類、背上長滿疣的青蛙和蛇，雖然只是插畫，卻讓人感到不寒而慄。

「這些全部都是有毒的生物……研究藥物需要用到這些嗎？」

突然間，一成感到右腳彷彿踩到了什麼，於是把腳抬起來看。看起來像是壺的碎片散落一地，周圍的地板也變成了黑色。

看這樣子，應該是壺被打破，裡面的液體潑灑到地上了。

一成單膝跪在地上，拿起手電筒照著被液體潑灑到的地板。那裡像是被溶化了一般，表面黏糊糊的，還可以看到到像血管一樣的筋絡。

接著，他伸手去摸變質的地板表面，感覺也是濕濕黏黏的，完全不像木質的觸感，一成警覺地把手縮了回來。

「這是……什麼？」

雖然指尖沒有特別的變化，卻有一股騷動在體內亂竄。

一成用單手摀住嘴，匆匆忙忙地逃離了現場。

到了倉庫外面，一成趕緊大口呼吸。清涼的空氣吸進肺裡之後，心臟的鼓動總算漸漸地緩和下來。

不知何時，T恤的胸口濕了一大片。

──那是個不祥之地，還是不要靠近比較好。

一成的腦海裡響起了這樣的警告。

──快逃！總之，趕快逃離這個地方。然後，把奈津子……

一成跑出奈津子的家，可是很快又停下腳步。

「該往哪裡去呢……」

奈津子不在集會所，也沒在家。這個時候，一成實在想不出奈津子還能去什麼地方。

「奈津子……妳到底在哪裡？」

這個時候，山中的樹林在夜風的吹拂下，沙沙地搖來晃去。一成往山的方向看去，有人為的圓形燈光在山路上移動，而且光線離村子越來越近。

不一會兒，拿著手電筒的修平出現在一成面前，修平的父親浩司則是跟在他後面。道子和道子的父親篤志，也並排走在後面。

修平看到一成時好像被嚇到一樣，倉惶地停下腳步。

「啊……是、是一成？」

修平的眼鏡鏡片反射著手電筒的燈光。

「修平哥，這麼晚了，你們去山裡做什麼？」

「呃、這個……我們去商量一些事情……對吧？」

「商量事情？去山裡商量？」

「因為村子裡到處都是警察，讓人不放心。倒是你，一成，你獨自在這裡做什麼？」

「喔……對了，修平哥，你有看到奈津子嗎？我到處都找不到她。」

修平的肩膀聳動了一下。

「沒有……我沒看到。她不是在集會所嗎？」

「她不在集會所。我也去她家找過了，可是也沒看見人影。道子，妳知道她去哪裡嗎？」

「我哪會知道啊！說不定奈津子是害怕國王，嚇得跑進山裡躲起來了。」

道子不耐煩地翹起了豐潤的嘴唇。

「不然，就是逃之夭夭了。」

「不可能的！警察已經封鎖了下山的路。更重要的是，奈津子不可能不跟我說一聲就離開村子！」

「哎呀，你就那麼相信奈津子啊？搞不好她就是國王呢。」

「那就更不可能了。為什麼奈津子要殺死夜鳴村的人呢？」

「這個嘛，比方說，為了一成你啊。」

「啊？這話是什麼意思？」

一成瞪著道子問。

「奈津子為什麼要為了我殺人？」

「村裡的大人幾乎都反對你們兩個交往，所以奈津子心裡一定很怨恨吧。」

「妳……」

看到氣得僵直了身體的一成，道子倒像是在炫耀勝利般地笑了。

「還有，奈津子的曾祖母以前是咒術師，光是這點就很值得懷疑了。啊……照這樣說的話，一成也是可疑的國王人選喔，因為你們兩個是堂兄妹。」

「妳、妳！妳是說，我是國王？」

「之前我不是說過了嗎？我信不過別人。」

「道子……」

「一成，你繼續去找你的奈津子吧。我這個人可不想做白費力氣的事。」

道子說完後，揮了揮手，轉身朝通往集會所的方向走去。修平等人也默不作聲地跟在她後面。

這4個人的態度引起了一成的懷疑。因為昨天之前，大家還因為國王遊戲而惶惶不安，可是今天卻起了變化。

「大家……是怎麼了？」

一成用沙啞的聲音，喃喃自語著。

之後，一成繼續在村子裡四處尋找奈津子。可是直到東方的天空泛白，還是沒有發現奈津子的蹤影。

【8月14日（星期日）上午10點11分】

「從結論來說的話，這一次，我們並沒有發現國王的信。」

堂島向集結在大廳的村民們這麼宣佈。道子的父親篤志抬起臉，把手上的香菸擱在菸灰缸上。

「你說的……是真的嗎？堂島先生。」

「是的，村子裡到處都沒有找到信件。我們警方早已佈下了天羅地網，既然沒有找到信件，那麼國王遊戲也無法開始，這麼一來，大家就可以當作沒有新的命令了。」

「如果是這樣就好了。可是，萬一國王的信出現在我們意想不到的地方，那麻煩就大了。」

「我知道，所以為了預防這種情況，我們現在還持續搜索當中。」

聽到堂島和篤志的對話，修平插話進來。

「我有個疑問，要是沒有發現國王的信，就表示國王遊戲結束了不是嗎？」

「結束了……是嗎？」

堂島的視線移向修平。

「是啊，之前不是每天都會收到信嗎？既然今天沒有發現，那就當作國王遊戲已經結束，也未嘗不可啊。」

「嗯……可是如果是這樣，為什麼會結束呢？未免也太突然了吧。」

「也許國王覺得被逮捕的可能性變高了，所以逃出村子……」

一成的拳頭捶在桌面上。

「修平哥，你是不是想說奈津子是國王？」

他的身體因為憤怒而顫抖。

「奈津子不可能是國王！絕對不可能！」

「……一成，我看你已經失去理智了。」

修平伸出食指，頂了一下眼鏡。

「奈津子從昨天就失蹤了，到現在還不見人影，這是不爭的事實。而且在此同時，國王的信也不再寄來了。你不覺得這兩件事情有關聯嗎？」

「這……可、可是，如果奈津子是國王的話，為什麼她要殺死弓子嬸嬸？她是奈津子的母親啊！」

「你不是早就知道，奈津子和弓子阿姨因為你們兩個交往的事鬧得不可開交嗎？」

「就、就算是這樣，奈津子也不可能殺死自己的母親！」

「這可難講喔。如果奈津子心裡只有你的話，她會那麼做也沒什麼好奇怪的。反正，妨礙你們的人就得殺掉……」

「修平哥……」

一成睜大眼睛瞪著修平。臉色蒼白的修平，則是雙手放在長桌上，手指交握。他以這樣的姿勢，張開乾燥的嘴唇繼續說：

「我並不是因為憎恨奈津子才這麼說的。然而現實就是，奈津子消失之後，國王的信也不再出現了。在這種情況下，懷疑奈津子就是國王，不是很正常嗎？而且我也親眼看到了，就在妙奶奶心臟麻痺死去的那天早上，奈津子曾經出現在我家前面。」

「奈津子出現在你家前面？」

「是的，當時我並不覺得奇怪，可是事後回想起來，的確不太尋常。她走路的樣子搖搖晃晃的，手裡還拿著一條手帕。」

「手帕？」

「那條手帕裡面，很可能就藏著黑色的信封。如果是這樣，就可以解釋為什麼國王的信上面沒有留下指紋了。」

堂島慌張地跑到修平身邊。

「修平，這麼重要的事情，為什麼之前沒有告訴我呢！」

「不，我也是在奈津子消失之後才想到的。當時，我並沒有懷疑奈津子。」

「嗯……如果真的如你所說的那樣，那麼奈津子很有可能就是國王……」

「等、等一下，堂島先生！」

一成拼命搖頭，逼近堂島說：

「奈津子是真的很害怕國王。她還因為擔心大家的安危而流下眼淚。現在你們居然懷疑奈津子，實在是太過分了。」

「你先冷靜下來，一成。我只是說可能性很高，並沒有斷言奈津子就是國王。」

「……大家都懷疑奈津子是國王嗎！」

一成瞪著在場那些沉默不語的村民們。勇二也一臉為難地搔著頭。
「老實說，我也不認為奈津子是國王……問題是，為什麼奈津子會突然鬧失蹤呢……」
「……說不定是被國王抓走了。」
聽到他們兩人的對話，道子發出尖笑聲。
「怎麼可能！國王都殺死那麼多人了，何必抓奈津子呢？這樣不是自找麻煩嗎？」
「可是也不能完全否認這種可能性啊！」
「你是因為喜歡奈津子，所以無法冷靜地判斷，可是你看看其他人的表情。大家都在懷疑突然失蹤的奈津子。會有這樣的反應是很正常的。」
「唔……」
一成咬著嘴唇，看著其他村民的臉。早苗像是刻意要避開一成的視線而低下頭，篤志和浩司則是擺出一張臭臉，嘴裡叼著香菸。現場沒有一個人反駁道子。
「大家……」
「我就說吧！我想，就連不在場的龍司和文子阿姨，一定也在懷疑奈津子。至於還在念小學的和也，可能不是很了解吧。」
「道子……妳……」
堂島趕緊擋在一成和道子中間。
「為了猜測的事而爭吵，一點意義也沒有！總之，我們繼續尋找奈津子吧，找到人之後，應該就能知道真相了！」

「堂島先生，請你們一定要盡快找到奈津子！」
一成抓著堂島的上衣說：
「我敢確定奈津子出事了，所以你們一定要盡快找到奈津子……」
「我知道。目前已經有上百名警力在搜山了，今天之內應該就會有消息。」
「我也要去山裡找！去找奈津子！」
「一成，你還是休息吧。你從昨晚就沒有睡覺了吧？」
「我沒有關係！請讓我也加入搜山的行列！」
「不行！我們不能讓村民參與搜山，而且你還未成年不是嗎？」
「……好吧，那我自己去找。」
一成說完，便轉身往大廳的門走去。雖然堂島在背後出聲制止，但是一成充耳不聞地往走廊直奔而去。
——奈津子，妳等著我，我很快就會找到妳的！
回到家裡，一成把架子上的乾糧全塞進背包裡，在水壺裡裝滿了水，確認手電筒裝了電池，整備完畢後，就背著沉重的背包往外跑。天空因為覆蓋著烏雲，變得灰濛濛的，四周的景物也像黃昏一樣晦暗不明。一成用手抹去打在頭上的水滴，往山裡跑去。
一成在下著濛濛細雨的山裡四處尋找。之前採香菇去過的闊葉林、沒有人住的半廢棄小木屋、鐘乳洞和叢林，凡是他和奈津子去過的地方，都仔細地搜尋，可是仍然沒有發現奈津子的蹤影。除了一成之外，好幾名警察也投入尋找奈津子的行列。

他們看到一成時，還用強硬的語氣命令他回村子，可是一成置之不理，仍舊繼續尋找奈津子。

【8月14日（星期日）晚間10點19分】

到了晚上，一成拖著疲憊的身體回到自己的家裡。打開拉門，在土間脫掉沾滿泥巴的鞋子，走進起居室後，一頭趴倒在地板上，滲進T恤和長褲的雨水因此沾濕了榻榻米。一成就這樣趴著不動，緩緩地轉過頭，看著榻榻米上被染成紅黑色的部分。

「爸……我該怎麼辦才好……」

淚水無法克制地從眼眶流下。

一成動作遲緩地站起來，走向自己的房間打開電燈的開關，虛脫似地坐在榻榻米上。他望著窗外，發現不時有手電筒的燈光照在院子的樹葉上。

看樣子，警察好像還在找國王的信吧。要是警察沒有找到信，大家很可能在不知道國王命令的情況下死去，自己也難逃一死。可是此時，比起自己的命，一成更想知道奈津子的下落。

「奈津子……妳到底跑去哪裡了？」

也許是累積了太多的疲勞，眼皮越來越重，眼前的視野也逐漸變暗。

至少該把髒衣服換掉吧，可是手腳卻怎麼也動不了。

「唔……」

一成在榻榻米上呈大字型躺著，他決定就這樣不動了。

——明天去山的西邊找找看吧。那邊應該有一間燒木炭用的小屋，奈津子說不定跑去那裡了。瀑布和河的沿岸那裡也去找找看，還有……

漸漸地，一成的意識越飄越遠了。

【8月15日（星期一）上午8點46分】

清晨，堂島來到一成家裡，強行把他帶去集會所。大廳裡面除了和也之外，剩下的村民全都在那裡。看到穿著睡衣的龍司也坐在人群之中，一成的表情瞬間亮了起來。

「龍司！你已經沒事了嗎？」

「是啊……不過，還沒完全復原就是了，哈哈。」

龍司表情憔悴地笑著。

「不過至少恢復到可以走路的程度了。我這輩子再也不要靠近大虎頭蜂巢了。」

「是嗎……太好了，真是太好了。」

「對了，聽說奈津子失蹤了？」

一成的表情頓時轉為僵硬。

「嗯……從2天前就不見人影，我到處都找遍了，就是沒找到她。」

「這樣啊……真是辛苦你了，一成。」

龍司嘆了一口氣，用右手把前髮往後撥開，露出顏色發紅的額頭。

「不過，你不要太勉強自己。黑眼圈都跑出來了。」

「我不要緊。我跟你的情況不同，只是有點累而已。」

一成和龍司的談話被開門的聲音打斷。此時堂島走進大廳，來回看著全村的人後，緩緩地開口說：

「今天還是沒有發現國王的信。」

村民們發出放心的嘆息聲。

「國王遊戲果然結束了。」

修平這麼說，眼鏡鏡片後方閃爍著光芒。

「連續2天都沒有發現信件，應該錯不了！」

「是啊，雖然不是絕對，不過可能性越來越高了。」

堂島的表情也比前幾天來得篤定。

「還是要再多觀察幾天，才能完全確定。」

「對不起，堂島先生。」

早苗神情緊張地舉起右手發問。

「我可以跟我父母見面嗎？他們就在村子附近。至少，讓我弟弟勇二跟他們見個面吧。」

「非常抱歉，在政府的許可下來之前，請你們再忍耐一下。」

「為什麼不讓我們見父母呢？又不是要到村子外面。」

「……因為有部分學者反對。他們堅持暫時要避免和外界接觸。」

「避免和外界接觸？我們嗎？」

「嗯……是的。」

堂島難以啟齒似地別過了頭。

「總之，在確定國王遊戲真正結束之前，請大家多多忍耐。」

「那麼，可以告訴我們還要等幾天嗎？」

「我也無法說出正確的日期，不過我想，一週之內應該就會想出解決的辦法吧。」

「一週之內……」

早苗搗著嘴說。修平把手搭在她的肩膀上安慰她。

「放心，早苗。我想國王的命令是不會再出現了。所以，我們還是乖乖等政府的允許吧。」

「是……是啊，多等一個星期應該不是問題……」

「嗯，就把這段期間當成是放暑假，懷抱著輕鬆的心情度過吧。」

雖然修平的語氣聽起來很有自信，可是一成就是覺得不對勁。因為就在幾天之前，修平明明很怕國王，情緒也極不穩定，可是現在卻又變回了以前的修平。

——修平哥到現在還認為奈津子就是國王嗎？他以為奈津子失蹤，所以國王遊戲也結束了嗎……？

大廳裡的氣氛已經緩和了許多，只有一成感到焦躁不安。

——什麼嘛。奈津子行蹤不明，大家卻只想著自己的事。更過分的是，他們居然懷疑奈津子就是國王！

一成不發一語地站起身。

「一成，你怎麼了？」

「我要去找奈津子。」

面對堂島的質問，一成強硬地回答。

「我留在這裡，一點意義也沒有。」

「嗯……現在不管我說什麼，你都聽不進去吧。」

堂島嘆了口氣，把深綠色的領帶調鬆。

「那麼，你要答應我。晚上要睡在集會所，不可以到山裡去。只要你能遵守，我就答應讓你入山。」

「如果我不遵守呢？你打算怎麼辦？」

「那我只好把你拘禁起來了，因為我有這個權限。」

「唔……」

一成緊握拳頭，瞪著堂島。

「我知道了！我會在天黑之前回來的！」

一成轉身背對堂島，走出集會所。

——可惡！沒本事找出國王，眼睜睜任由村民被殺的傢伙，還敢命令我！

一成擦拭掉差點奪眶而出的淚水，跑了出去。

結果，這天還是沒能找到奈津子，也沒有發現國王的信。

村民們都知道一成和奈津子兩人的感情很好，所以並沒有當著一成的面多說什麼。可是從表情就看得出來，他們都在懷疑奈津子。過去對奈津子抱有好感的勇二和龍司，好像也因為不再發現國王的信和奈津子失蹤的時機重疊，不禁懷疑起奈津子。

看到村民們的態度轉變，一成的心裡又急又氣。

【死亡1人、剩餘11人】

命令7

【8月19日（星期五）清晨5點25分】

一成在集會所的房間裡醒來。那是一間三坪大的小空間，其中一面牆上靠著書架，架子上擺了大量的書籍。一成揉揉眼睛，從放在木桌上的大運動袋裡拿出一件T恤。

換好衣服後，一成背起背包跑到走廊。也許是時間還很早，走廊上一片靜悄悄，看不到半個人影。

外面的天色有點暗，毫不猶豫地穿過廣場的一成，感覺到空氣有點涼。

——今天一定要找到奈津子才行！

離開廣場後，正要往山裡跑去時，一成注意到了前方的告示板。因為就在中央的位置，貼著一張被泥巴沾得髒兮兮的紙條。看到紙上面歪七扭八的文字，胸口深處冷不防感到一股銳利的刺痛。

「難……難道又是……」

一成動作僵硬地走近那面告示板，把固定紙條的圖釘拔起，一陣冰涼感立即傳達到指尖，就像接觸到冰塊一樣。

「為什麼……這幾天不是都沒有來信嗎……」

一成的瞳孔裡，映照出像蚯蚓一樣扭曲的文字。

【這是全體居民強制參加的國王遊戲。國王的命令絕對要在8月19日之內達成。不允許中途棄權。命令7：凌晨0點開始，每8小時就要有一個人自殺。不遵從命令者，將隨機給予一名村民碎骨的懲罰。】

「自殺……？這樣不是有3個人必須死嗎……？」

看著比前幾次還要離譜的殘酷命令，一成拿著信紙的手忍不住劇烈地顫抖著。

一成帶著滿是污泥的信，前往村子郊外的一間工寮。工寮是警方臨時搭建的，很多警察都在這裡過夜。工寮周邊有幾名警察站崗，其中還有人無聊得直打哈欠。看到他們那副事不關己的態度，一成不禁感到火冒三丈。

一成叫住一名站在工寮前面的年輕警察問道：

「堂島先生在嗎？」

「在……不過現在正在休息，請問什麼要緊的事情嗎？」

「我想，堂島長官8點以後就會醒來。」

警官悠閒地回應。

「告示板……」

「咦？告示板怎麼了？」

「你們不是有在村子裡巡邏嗎？」

「是、是啊。不過因為已經5天沒有發現國王的來信，所以現在不是採定點站崗的方式，而是輪流到村子裡巡邏。請問有什麼問題嗎？」
「剛才，我在告示板那裡發現了一張紙。請你把它轉交給堂島先生。」
「咦？這是……」
原本還一臉微笑的警察，表情突然凝固了。
「啊……」
「還不快去叫堂島先生起來嗎？我認為這件事很緊急。」
「是、是的。請你等一下。」
那名年輕警察發出啪噠啪噠的腳步聲，趕忙跑進工寮裡面。
幾分鐘之後，一成很快就被堂島和其他十幾名警員圍住。

「……這是國王命令的內容。」
堂島向集結在大廳的村民們深深低下頭致意。
「雖然筆跡鑑定至今還沒有結果，不過可以確定的是，這次的筆跡和過去幾封國王的信一樣。」
「怎、怎麼會這樣！國王遊戲不是已經結束了嗎……」
修平面無血色地喃喃自語。
「不可能……不可能有這種事的！」
「冷靜一點，修平哥。」

「冷靜？叫我怎麼冷靜！如果這封信是真的，那麼接下來的一個小時之內，我們之中會有一個人，因為受到碎骨的懲罰而死掉啊！」

大家的視線移向掛在大廳牆上的時鐘。時間已經指著上午7點10分。這一刻，秒針移動的聲響顯得格外刺耳。

一成帶著冷靜的目光，觀望因為驚恐而表情扭曲的村民們。雖然他也害怕死亡，可是在家人已死、又遍尋不著奈津子的情況下，一成的生存意志也變得薄弱了許多。

修平跑到一成旁邊，緊緊抓住他的肩膀，眼鏡後方的眼睛因為充血而變紅。

「老實說吧，一成！是你在惡作劇對不對？」

「……不是的，修平哥。」

「騙人！你一定是因為我們指責奈津子是國王，所以想嚇我們！一定是這樣！」

被修平緊抓著肩膀用力搖晃的一成，搖頭否認。

「這什麼話……我怎麼可能做這種事！」

「唔……國王……奈津子應該死了，怎麼還會……」

「咦？奈津子死了？」

一成驚訝地張著嘴，看著眼前的修平。

「你剛才說那句話是什麼意思？奈津子死了……？」

「啊、不、不。我的意思是好幾天沒見到奈津子，所以我猜她應該是死了。」

修平慌張地避開一成的視線。

「哎呀，奈津子失蹤5天了，任誰都會以為她死了，這很正常不是嗎？」
「奈津子不會死的！她一定是出了什麼事無法現身！」
「一成，不要再無理取鬧了好不好！」
道子用力拍著長桌的桌面說。
「比起奈津子，現在更重要的是該怎麼解決這次的命令吧。不過話雖如此，我們什麼辦法也沒有。」
道子的眼睛發出像貓的光芒，巡視著四周。
「如果國王的命令是真的，那麼40分鐘之後我們之中就會有人死。我、一成、勇二、龍司、修平哥、早苗姊、浩司伯伯、文子阿姨，還有我爸跟和也10個人，命中率是10%。」
「10%……」
勇二咋了一下舌頭。
「這表示有9成活命的機會……可是在此同時，會有一個我們熟識的人死掉……」
「沒錯。我想應該沒有人自願在40分鐘之內自殺吧……啊、只剩下39分了。」
道子看著牆上的時鐘，桃紅色的舌頭舔了舔乾澀的嘴唇說。
「不知道誰會抽中10%的籤呢？到了這個地步，也只有靠自己的運氣了……」
「道子……妳不害怕嗎？」
勇二問道子。
「如果害怕可以提高存活的機率，我一定會盡可能地害怕。問題是，在這裡哭天搶地的也無濟於事。當然，反正我也沒別的事做，一直哭到時間截止也行。話說回來，那些警察也太沒用了！」

道子用輕蔑的眼神看著堂島。堂島也扳起臉為自己辯解。

「我們也是拼了命在查，每天只睡幾小時而已。」

「哈哈！警察在炫耀他們的睡眠時間耶！想得到大家讚美嗎？既然想，就請在30分鐘之內抓到國王。這樣的話，就算要我當堂島先生的女人也沒問題！」

「別、別胡說！妳還只是高中生呢！」

「是啊。所以我不想以高中生的身分死去！因為警察的無能而死！」

「妳……」

「老實說，我對警察並沒有抱什麼期待就是了。」

道子很刻意地嘆了口氣，聳聳肩膀說道。

【8月19日（星期五）上午7點55分】

距離上午8點只剩下5分鐘的時候，村民們的視線全部緊盯著牆上的時鐘不放，誰也不敢亂動。一成緊閉著嘴唇，看著秒針一步步往前，盤腿而坐的雙腿，不知不覺開始顫抖，放在長桌上交疊的雙手也失去了血色。坐在正前方的勇二，則是把手放在姊姊早苗的肩膀上。坐在旁邊的龍司和他的母親文子，也把手放在長桌上，不安地交握著。

時鐘滴答滴答的聲音，在鴉雀無聲的大廳裡迴響。秒針準確無誤的律動，不斷地刺激著一成的心。

到了這節骨眼，連原本冷靜的一成也忍不住想要放聲大喊。

坐在一成旁邊的浩司長長地吐了一口氣，香菸的白煙在半空中擴散開來。

「只剩下……2分鐘了……」

不知道從哪裡傳來沙啞的聲音。

一成的肩膀抽動了一下。

——如果那封信是真的，那麼2分鐘之後，就會有人死掉。若不是在這裡的其中一人，就是在2樓的和也……也可能會是奈津子。

一成像是在祈禱一樣地雙手握緊。

——神啊……我變成怎樣都無所謂，但是請您要救救奈津子。一定要保佑奈津子平安……

時鐘的指針指著7點59分。

「唔……」

一成咬緊牙關，緊盯時鐘。每次秒針往前走一步，胸部的鼓動就變得更加劇烈。

——還剩20秒……10秒……9秒………4秒……1秒……

上午8點的時間一過，村民們都大大地吐了一口氣。

「喂，什麼事都沒有發生啊！這是怎麼回事？」

道子的父親篤志用粗厚的嗓門大罵。

「該不會是待在2樓的和也死了吧？」

「不會的……如果是這樣，馬上會有人來報告。而且和也的身邊有女警保護。」

堂島回答了篤志的疑問。

「那麼，這次的信是假的了？」

「……還無法確定，不過的確是有此可能。因為這次的信跟之前的不同，好像並沒有裝在黑色信封裡。」

堂島的這番話，讓村民緊繃的心情得到些許的舒緩。大家你看我、我看你地露出不自然的微笑。

唯獨一成動也不動，緊閉著嘴唇坐在原來的位置上。

——難道是，奈津子受到處罰了……？

他的雙臂汗毛不由得豎了起來。

——冷靜下來。又還沒確定奈津子受到懲罰。我發現的那張國王的信紙，也有可能是惡作劇。如果是這樣，當然就不會有人受罰了。

這時候，一旁突然傳來像是枯樹枝折斷的聲音。

「咦……」

坐在一成旁邊的浩司，面色蒼白地看著自己的左手。

他的左手小指翻了過來，貼著手背。

「這……這是……怎麼回事……？」

浩司正在納悶的瞬間，手臂又喀嘰一聲，往另一個方向彎曲。

「啊……啊啊啊……」

浩司的喉嚨發出像在顫抖的聲音，人也站了起來。可是，右腳卻往反常的方向扭轉，接著，身體便趴倒在長桌上。往前伸出的右手手指，接連發出骨折的碎裂聲。從第二指節折斷的小指和中指，搖搖晃晃地擺盪著。裡面的骨頭完全斷了，只靠著皮膚和肌肉連在一起。

「浩……浩司伯伯……」

一成全身顫抖地看著在面前劇烈掙扎的浩司。每次浩司一發出哀嚎，就看到他的身體像是擰抹布一樣地糾結成團。漸漸地，哀嚎聲越來越微弱，然後消失不見。

浩司的下巴完全變了形，嘴角流出粉紅色的泡沫，頸部呈L形彎曲，掛在不自然隆起的肩膀上。

看到全身扭曲變形的浩司，一成的牙齒不停地傳出喀噠喀噠的撞擊聲。大門前的幾名醫護人員趕忙跑到浩司身邊進行處置，但是現場的人都看得出來，浩司已經回天乏術了。

「爸……爸……」

修平推開醫護人員，緊緊抱住浩司。

「這、這不是真的吧！為什麼我爸會被選上！」

修平用雙手撐住浩司的上半身。浩司的頭顱往後垂下，無力地搖晃著，突出的眼球剛好和一成的視線重疊。

「唔……」

一成摀住嘴，別開視線，拼命地把不斷湧上來的胃液嚥下去。幾乎快跪倒的雙腳，也費了好大的勁才能勉強站立。

——怎麼會有如此殘酷的死法，太沒有人性了！浩司伯伯並沒有做錯什麼啊……

淚水從一成的眼眶不停流下，他在模糊的視線中，看著堂島將趴在浩司身上哭嚎的修平拉開。醫護人員把變形的浩司屍體抬上擔架，移到大廳。在場的村民們全都一臉慘白地看著這一幕。

大廳的門被關上後，裡面就只剩下村民了。道子嘆了口氣，一屁股坐在榻榻米上。她揉了揉露在小短褲外的小麥色大腿，嘴唇兩端向上翹起。

「不管怎麼說，我們總算活下來了。如果有神的話，還是應該向祂道聲謝吧。」

「道子！」

一成瞪著道子。

「妳就不能考慮一下修平哥的心情嗎！他的父親就死在他面前啊！」

修平低著頭，雙腳跪地，失去血色的嘴唇微微地抽動著，可是耳朵卻聽不進任何聲音。

「妳以前也受過浩司伯伯的照顧吧。」

「是啊，他送我的野豬肉的確是很好吃。還有一些不知道是什麼種類的鳥肉，嚐起來挺鮮嫩的，味道還不壞。啊……剛才看到那麼悽慘的屍體，現在就聊吃的，感覺真是奇怪呢。」

「妳……妳放尊重一點！」

「幹嘛生這麼大的氣啊！一成，其實你能活著，應該也很高興吧？」

「認識的人就死在我們面前耶，誰高興得起來！」

道子高聲笑著說：

「一成，你還真是個好人呢。看來，我應該是沒有愛錯人。」

「愛？妳又要用色誘那招了對不對？」

「才不是呢，我說的是真心話。」

道子說話的時候，眼神散發出冶豔的光芒。

「因為你心裡只有奈津子，所以沒有發現吧。其實我也很喜歡你啊，一成。」

「拜託，妳在這時候說這些做什麼！」

一成的臉頰感到一陣灼熱。看到這樣的一成，道子妖嬈地笑著說：

「我就是喜歡這麼純情的一成。在這種情況下還能替別人著想的個性，實在是太迷人了。」

「道子……妳真的喜歡我……？」

「當然是真的了，我沒有必要騙你不是嗎？」

「可、可是我……」

「等一下，我並不指望你給我答案。」

道子伸出食指，貼在一成的嘴唇上。

「我知道你喜歡的人是奈津子。」

「既然這樣，為什麼又在這時候向我告白？」

「就因為是這個時候才要告白啊。國王的命令依舊持續著，而且在這次的命令中，還會有2個人死去，到時候如果受罰的人是我，那就沒機會告白啦。」

一成的表情僵住了。

「還有2個人會受到剛才的懲罰……」

「是啊，而且命中率會越來越高呢。下午4點的時候是9個人之中死1個。再過8個小時之後，是8個人之中死1個。所以，現在我們根本沒有多餘的心力去同情浩司伯伯。」

一成臉色發青地看著四周。此刻村民的臉上的表情，看起來就像死人一樣。

「還有2個人……」

一成沙啞的聲音，聽起來像是來自另一個人。

在堂島的指示下，一成等人繼續留在大廳裡等待。

這段期間，警官們還送來餐點給他們。不過，除了道子之外，沒有人去碰餐點。

——如果警察能找到國王，那麼遊戲就可以結束，也不會再有人枉送性命了。

這個願望要在今天之內實現的可能性非常渺茫，儘管如此，一成還是雙手交握靠在桌上，誠心地祈禱著。勇二和早苗也同樣閉上眼睛，緊握雙手。他們大概和一成想著同樣的事吧。

此時，一成抬起頭，看見修平正垂著頭端正地坐著，雙手放在膝蓋上，嘴唇緊閉。一成本來想和他說說話，卻不知道該如何啟齒。

——因為浩司伯伯受罰，我才能僥倖逃過一死，在這種情況下，我要跟他的兒子修平哥說什麼呢？

一成皺著眉，雙眼緊閉。

——這次的命令，不是靠自己的力量達成的。一定會死3個人。自己活下來，就表示有一個自己認識的人死了，所以就算逃過一死，也沒什麼好高興的。

秒針的聲音繼續迴盪著，在一成聽來，就像是死神的腳步聲一樣。

【8月19日（星期五）下午3點57分】

距離下午4點只剩下3分鐘了。一成的身體不停地喀噠喀噠顫抖著。雖然嘴唇緊閉，還是可以聽到牙齒打顫的聲音。他試著把力量放在四肢，希望可以藉此壓抑住內心中不斷膨脹的恐懼感。

「來吧，第二回合的抽籤要開始了。」

坐在一成身邊的道子，臉色蒼白地笑著說。

「不知這次誰會中獎。」

沒有人回答她。一成也不發一語地盯著牆上的時鐘看。

秒針準確地往前移動著。

「啊啊……」

文子緊緊抱著兒子龍司，嘴裡發出沙啞的哀嚎。

還剩1分鐘。在門口待命的醫護人員交頭接耳，不知道在說些什麼。道子瞥了他們一眼，不耐煩地嘖了一聲。

「哼，就算醫生在場也沒用，你們不需要進來這裡。」

——道子說得沒錯。不管來多少醫生或學者都派不上用場，之前還給所有的人抽血呢！警察也好不到哪裡去，到現在都還抓不到國王，真是一群飯桶！

看到一成因為內心焦慮而嘖了一聲，道子嬌嗔地笑了笑說：

「嗳，一成，死之前想不想再接一次吻？說不定這次我們之中有一個會死呢。」

「給我閉嘴……」

「是是是。你這個人真是不解風情。」

道子嘟起嘴，把手擱在盤起來的雙腿上。

「時間……差不多了。」

「唔……」

時鐘的秒針正一步步接近12的數字。

當秒針跑到正上方時，一成的心跳鼓動得更加劇烈了。他把右手貼在左胸口上，呼吸變得非常紊亂。

——這次會是誰受到懲罰呢？

大家面面相覷地你看我、我看你。勇二滿臉驚恐。坐在他旁邊的早苗，眼睛因為充血而變紅。剛才還出言不遜的道子，現在一樣面色蒼白，眼神游移不定。

在寂靜無聲的空間裡，突然傳出像是粉筆被折斷的「喀喳」聲。

眾人的視線頓時朝向聲音的來源。

視線中心點是早苗。只見她張嘴不停地抽動，同時望著自己折斷的小指。

「我……我……被挑上了嗎？」

就在早苗顫抖地喃喃自語的瞬間，手腕突然彎曲成怪異的角度。

「哇、哇啊！為、為什麼！」

「姊姊！」

勇二抓住早苗的右手，但是那隻手卻往外側的方向扭斷。

「啊啊啊！好痛、好痛啊！」

痛苦不已的早苗發出淒厲的呼喊，但是骨折的聲音還是不斷地傳出。

「誰、誰來救救我姊姊！」

勇二一邊抱起全身扭曲得不像話的早苗，一邊哭喊著。

「怎麼辦……我該怎麼做才好！」

勇二像是在求援似地望著一成。一成無法承受這樣的眼光，只好別過頭，閉上眼睛。

——對不起，勇二。我……不，任何人都救不了早苗。我們實在無能為力啊。

就算別開了視線，還是可以聽到早苗淒厲的慘叫聲和骨頭的斷裂聲。

——快結束吧。讓早苗盡快結束痛苦吧……

一成期待早苗快點死去。因為他不想再聽到淒厲的哀嚎和骨頭斷裂的聲音，也不想再聽到勇二的哭喊。

過了這麼久應該結束了吧，一成心想。

他緩緩地睜開眼睛。只見勇二整個人趴倒在扭曲變形的早苗身上，嚎啕大哭。

「姊姊……姊姊……哇啊啊啊啊！」

勇二粗厚的臂膀緊緊抱住早苗的脖子。他的手一移動，早苗的頭就開始搖晃。她那對充血的雙眼和歪斜的雙唇，已經看不出生命跡象，扭曲的右手朝虛無的空中伸出。

一成舉起右手，抹去奪眶而出的眼淚。早苗今年才24歲，比一成大8歲。一成念小學的時候，早苗經常陪他玩。而且每次一成去勇二家，早苗都會做點心給他吃。

「早苗姊……對不起，我救不了妳。」

一成向扭曲變形的早苗屍體，深深地低頭致歉。

醫護人員抬著裝有早苗屍體的擔架，走出大廳。道子嘆了口氣，四肢做了一個大大的伸展。

「呼……還剩下1次。不知道下次誰會被選上呢。」

聽到道子這番話，村民們互相看著彼此。

【8月19日（星期五）傍晚5點23分】

透著黃澄澄夕照的窗戶，喀噠喀噠地振動著，窗外不時傳出人們交談的聲音。一成動作緩慢地站了起來，打開窗戶往外看。就在緊鄰集會所的廣場上，一群穿著白衣的男人，正按照順序坐上卡車後面的貨斗。一成再往集會所的玄關看去，那邊也有好幾名警察正忙著把機具搬出去。

「他……他們在做什麼……」

集會所的大門被打開，堂島帶著部下淺川走進大廳，身穿白衣的宮澤跟在後面。

「各位，事出突然，我有件事要向大家報告。」

堂島粗厚的雙眉往中央緊蹙，眼睛瞇得細細的。

「我們要撤離夜鳴村了。」

「撤、撤離？」

一成兩眼圓睜，跑向堂島。

「這、這話是什麼意思？」

「……已經查出國王的真面目了，所以研判災情有可能向外擴散。」

「已經查出國王的真面目了？」

一成的眼睛睜得比剛才更大，村民們也一陣騷動。

「到、到底是誰？國王是誰？」

「這點……由宮澤來向大家說明。」
在堂島的示意下，站在後面宮澤往前踏出。他搔搔散亂的頭髮，用淡然的語氣開始說明。
「國王並不是人類，而是新種的病毒。」
「病毒？國王是病毒？」
一成一頭霧水地看著宮澤。
——這個人在說什麼？國王是病毒？怎麼可能有這種事。
「不……不可能的。病毒不是會引起傳染病的生物嗎？」
「在生物學上，不能把病毒稱之為生物。」
像是在糾正學生的錯誤一般，宮澤如此回答。
「病毒不會自行代謝，而是一種寄生在宿主細胞內的結構體。我們是在解剖一名小女孩的遺體時，發現這個新種病毒的。」
「你是說從鈴子的身體上發現的嗎？」
「是的。還有從你們體內抽出的血液中也有發現。」
「嗄……」
宮澤的話在一成的腦海裡迴盪著。這一瞬間，一成感到喉嚨異常乾渴，背脊也不自主地顫抖。
「……你的意思是，我們的體內有新種病毒？」
「是的。我想，這就是國王的真面目。」

「可、可是，這說不過去啊！國王會寫信，還能強迫我們玩國王遊戲耶！病毒怎麼可能做這種事情？」

「這種病毒很可能可以解讀人們的思想，並且控制人們的行為。」

宮澤低著頭，緊閉雙唇。他自己大概也被這個想法搞得有點混亂吧，過了幾秒之後，才又抬起頭說：

「……我想，病毒應該是控制了第一個被感染的人吧。不過，那個人恐怕並不自知。」

「不自知……？」

「是的。所以，我們才會找不到國王。」

到目前為止一直保持沉默的修平，突然站了起來。

「請等一下，我父親是因為全身的骨頭碎裂而死的，你說那是病毒幹的嗎？」

「我想，那是有可能的。」

宮澤斬釘截鐵地這麼回答他。

「例如『危險、死亡、骯髒』等等，人類有時候會在瞬間做出判斷，這叫『直覺的感官』或『本能知覺』，是人活下去的必備條件。因為會感覺到危險，所以想要保護自己。因為會感覺到疼痛，所以想要迴避。爬到高處的時候，下肢會不自主地感覺痠麻吧？這就是我們的身體為了迴避危險，所做出的自然反應，是人體與生俱來的本能。」

「你是說感覺會影響身體嗎？」

修平這麼問。宮澤接著點頭說：

「有個理論叫坎農─巴德情緒理論（Cannon-Bard Theory）。內容主要是說，從解剖學上來看，感覺接受器官在接收情報後，會經過腦部的下視丘，同時引起情緒和身體上的反應。班格爾·普頓也說過『意識在某種條件下，能夠互相溝通』，以及『在瀕死之際、臨死之前，人體會產生令人驚異的反應』。不過到目前為止，這些理論都還尚未得到完全的證實。」

「意識能夠互相溝通？你的意思是說，這是病毒引起的嗎？」

「這畢竟只是假設而已。不過，這次夜鳴村發生的事件，正好可以拿來印證班格爾·普頓的理論。因為無法逃避恐懼，於是產生更大的恐懼。人體對這樣的恐懼感產生反應，主動選擇了死亡。」

「你是說我父親的骨頭是依照自己的意志碎裂的嗎？」

「根據我的判斷，原因可能是由一個有統一意識的病毒所引起的，而骨頭碎裂的現象，則是已經感染病毒的浩司體內的自我反應。」

「這太離譜了……」

修平雙腳無力地癱坐在地上。

「請等一下。」

一成大聲說道。

「浩司伯伯的例子，我還可以理解，但是在第一個命令中死去的靜世和大輝，又該怎麼解釋呢？姑且不論靜世，重點是大輝並不知道國王遊戲啊！照理說，他應該不會有恐懼感才對啊！」

「那是因為有統一意識的病毒和感染病毒的村民之間意識產生交流的緣故。你們知道『大輝沒有摸屍體』這個情報後，透過病毒傳達給所有已經感染病毒的村民，於是，大輝體內的病毒對大輝下達『上吊』的指令。這個行為本身並不困難，只要進入催眠狀態就能辦到。

你們所熟識的兩個人死去之後，在倖存的村民心中留下了恐懼，病毒因此獲得更強大的力量。當然，這些都只是我的猜測而已。」

「那麼，大虎頭蜂事件呢？那個時候，大虎頭蜂死掉3隻的事情是隔天早上才知道的。可是在此之前，幸子奶奶等人已經變成一堆碎肉慘死了。」

「我想，可能是有其他感染者事先知道大虎頭蜂的死亡數目。那個時候，只要有一個人發現這件事，這個情報瞬間就會傳給全部的感染者。你們是透過病毒，在無意識的情況下，擁有共同的情報和恐懼感的。」

「你說有人事先知道這件事？」

「是的。很可能就是第一個被病毒控制的宿主。」

宮澤大概是說累了，舉起右手摩娑著瘦削的下巴。

「對病毒而言，大虎頭蜂的情報是非常重要的。」

「……這麼說，國王遊戲是照著病毒的意識在進行的囉？」

「據我推測，應該是這樣沒錯。病毒讀取了第一個宿主的情緒之後，於是展開了國王遊戲。我也無法確定病毒的目的是什麼，不過病毒有可能認為，透過宿主的認知，擴大民眾對這個死亡遊戲的恐懼，再控制他們的情緒，這樣的效果最好。」

「可是，應該沒有人憎恨村民到非置他們於死地不可啊。」

「很可能是病毒讀取了瞬間的情緒之故吧。人有時候的確會在瞬間懷抱著強大的恨意，而病毒剛好對這樣的強烈情緒產生了反應。」

「怎麼會……」

一成雙手緊握著拳頭，咬著牙關。

——大家都是被病毒殺死的？爸和奶奶也是嗎……？

「為什麼夜鳴村會出現這麼可怕的病毒？」

「這我就不知道了。可能是鳥禽類帶來的吧。或者，是從以前就存在於這個地方的病毒，最近因為某個原因突然又開始變得活躍。」

「某個原因……？」

宮澤的話讓一成的心情頓時陷入不安。

看到一成緘默不語，站在一旁抽菸的篤志接著問。

「既然現在知道是病毒作祟，那麼接下來該怎麼辦？我們有希望獲救嗎？有沒有什麼藥，可以殺死這種病毒？」

「……很遺憾，到目前為止我們也一樣束手無策。不只是這樣，感染的情況有可能會繼續擴大，所以我們才會決定撤離夜鳴村。」

「警察撤離之後，連你們也要離開？」

「是的，這是政府的方針。不過，我們會在山下繼續進行病毒的研究。希望能盡快找出對策……」

「盡快？開什麼玩笑！再過6小時，我們這些人其中之一就要死了啊！」

篤志毫不留情地瞪著宮澤怒斥道。

「你們打算自己逃命嗎？」

「你要這麼想，我也沒辦法。我們已經對自己的血液進行了抽血檢驗，到目前為止，我們都還未感染到病毒。也許這種病毒的傳染性並不高，說不定過一段時日，感染率就會有所改變。可是繼續和各位接觸的話，我們也不敢保證不會被傳染。有些病毒是會隨著人和人之間的接觸，而產生異變的。如果這種病毒是屬於這種類型的話，一旦擴散開來，後果將不堪設想。」

「那麼，感染到病毒的我們必須留在村子裡了？」

「很遺憾，我們不能讓你們離開村子。我想你們也很清楚，就算離開村子也沒有意義。因為你們的體內已經感染了病毒。」

「可惡！簡直是莫名其妙！」

篤志嘖了一聲，從胸前的口袋掏出香菸，叼在嘴上。道子聳聳肩說：

「爸，你冷靜點好不好。」

「妳叫我怎麼冷靜！這些人打算對我們見死不救啊！」

「這是當然的啊。換作是其他人，也會以自己的性命為優先啊。」

道子兩手插腰，把臉拉近宮澤說：

「喂，現在真的沒有殺死病毒的方法嗎？」

「這個……」

宮澤欲言又止，隨即把視線從道子臉上移開。

「製作抗體需要一段時間。不過，想要簡單殺死病毒的方法倒是有。」

「快說，是什麼方法？」

「就是……把全部感染病毒的人殺死。只要宿主死了，體內的病毒就會跟著死亡。」

「……哈、哈哈哈。原來如此，對除了我們之外的人類而言，這的確是個好方法。」

「當然，我們並不打算向政府提出這個建議。如果有人敢這麼做，就是披著人皮的惡魔了。」

宮澤這番話，讓一成的血瞬間凍結了。

【8月19日（星期五）晚間6點46分】

一成和村民們站在集會所的廣場上，看著載了堂島和宮澤的警車消失在山的另一邊。就在最後一輛警車離去的同時，警察用巨大的水泥塊將道路封鎖了起來。

「他們這麼做，無非是不想讓我們逃出去……」

一成喃喃自語著。站在一旁的龍司嘆了口氣，語重心長地說：

「我們連逃的力氣都沒有了，而且，不管逃到哪都沒有意義。」

「唉……說得也是。」

一成把手放在自己的肚子上。

——如果宮澤的假設是真的，那麼我的身體裡面正潛伏著新種病毒。大家也一樣。

一想到自己體內有未知的病毒在活躍，絕望的心情油然而生。如果，病毒下令要一成去死的話，身體的細胞就會服從這個命令。那個力量足以讓頭和手腳分離，把全身的血液抽乾，甚至讓骨頭碎裂。被挑中的人無法做任何抵抗，只能任由宰割。

「……龍司，你認為國王是一種病毒的說法可信嗎？」

「我也不知道。那個學者的說明，有很多模稜兩可的地方。」

龍司吸了一下鼻子說道。

「可是政府應該採信了他那套說法，所以才會把人員撤離村子吧。」

「是啊……」

「一成，你說，那些人可以相信嗎？」

「咦？什麼？這話是什麼意思？」

「剛才那個瘦瘦的學者不是說了嗎？把感染病毒的村民殺死，病毒也會死。如果一直把我們封鎖在村子裡，到頭來，我們遲早都會被國王遊戲弄死不是嗎？」

聽到龍司這麼說，一成半張開嘴，僵在原地。

「……你、你是說……」

「我想，政府根本就不是真心想要救我們。」

「不……不會吧。不可能這樣的。而且堂島先生也說了，會每天按時送飯來。」

「這點小事當然不成問題，因為我們還有親戚在外面。可是對政府來說，我們死了的話，他們反而落得輕鬆，不是嗎？你忘了在之前的幾個命令裡，我們差點全部死掉嗎？只要我們全部因為國王的命令而死，病毒就會消失了。」

「只要我們全部因為國王的命令而死……」

一成無意識地重複著龍司的話。

龍司說得沒錯，我們死了的話，病毒也會跟著消失，這樣政府就不需要再傷腦筋去想什麼對策了。可是只要有村民活下來，病毒就有擴散的可能。想當然爾，政府一定會希望村民們全部死掉。

逐漸變成黑色的山，從另一頭吹來陣陣的山風，輕拂著一成的臉頰，感覺有點冰涼，一點也不像夏天的風。一成不自覺地顫抖著。

回到大廳之後，一成坐在榻榻米上。牆上的時鐘指著晚上7點20分。

——再過4個多小時，就會再有一個人死去。我、勇二、龍司、文子阿姨、道子、篤志叔叔、修平哥、和也……還有奈津子……其中一個人會死去。

一成警戒地來回看著大廳。家人受到碎骨的懲罰而死的勇二和修平，兩眼無神地望著半空中。龍司忙著安慰啜泣不已的母親文子，在一旁的篤志則是邊抖腳邊吸菸。

大廳裡瀰漫著沉重的氣氛。

突然間，一成注意到道子並不在現場。

——那傢伙……跑去哪裡了？她父親篤志叔叔還留在這裡，她該不會跑回家吧。

窗外的景色已經變暗，星星也閃爍不已。遠處傳來的獸嗥，像是在告知黑夜的降臨。詭異的叫聲讓一成感到越來越不安。

一成出聲問篤志：

「篤志叔叔，道子跑去哪裡了？」

「……道子嗎？」

篤志把菸屁股往菸灰缸裡一壓，用略帶乾涸的聲音說：

「她說要去2樓看看和也，因為醫生好像走了。」

「是嗎……原來是去看和也……」

「哼，那丫頭現在還有心情照顧小鬼呢。」

「話不能這麼說。和也還是小學生，而且家人都死了，他的內心一定受到很大的創傷。」

「別人家的事根本就不重要。政府還不是一樣不管我們的死活。」

篤志臭著臉抱怨，然後拿起桌上的威士忌酒瓶，大口往嘴裡灌。

濃重的酒味飄散開來，連一成所在的位置都聞得到。

「……我也去看看和也好了。」

一成走在空無一人的走廊上。不久之前，這裡還堆滿警察帶來的機器設備，現在卻變得空蕩蕩的。他走上通往2樓的樓梯，看到一扇木門的下面透出了燈光。

「應該就是那間吧……」

一成朝那個房間走去，地板不斷發出軋軋軋的聲響。他把手伸向那扇木門的門把。

「喂，和也，我要進去囉。」

在開門的剎那，穿著睡衣，垂著頭，身體搖搖晃晃的和也立即映入眼簾。和也的脖子纏繞著繩索，掛在天花板的樑上，臉部呈黑紫色，眼睛半開。

「和……和也……」

一成抬頭看還在晃動的和也的身體。

「為、為什麼……和也會……」

「他自殺了。」

房間裡傳出道子的聲音。她正翹著腿，坐在床上，瞳孔反映電燈泡的光，釋放出妖豔的光輝。

「小學生的精神承受力果然比較弱。這也難怪啦，他的家人全死光了。」

「道子……該不會是妳殺了和也吧？」

「我怎麼可能殺他。你忘記國王的命令了嗎？『每8小時就要有一個人自殺』，所以，如果不是他自願上吊的話，就沒有意義了。」

「自願……上吊？」

一成的表情凝固了，體內好像有什麼東西在爬。

「是……是妳慫恿和也上吊自殺的吧？」

「嗯。我跟和也說，他的父母都在天堂等他，他聽了之後就很開心地把自己吊死了。我在準備吊繩的時候，他可是很高興呢。那一刻，我終於感覺到我們變成好朋友了。」

「唔……」

奔流而下的淚水，讓一成的視線變得模糊。

「道子，妳太過分了！」

一成緊緊抓住道子的肩膀。

「為什麼要慫恿和也自殺呢！」

「這還用問嗎？到了12點，要是沒人自殺的話，就會有人因此受到懲罰。既然橫豎都要死，不如讓想要自殺的人去死，這樣不是很好嗎？」

「是妳讓和也有自殺念頭的！」

「話是沒錯。可是，那又怎麼樣呢？」

道子粉紅色的舌頭，滔滔不絕地動著。
「我只是跟他聊一些天堂的事而已。和也會自殺是他自願的！再說，我認為這樣對他反而是一種幸福。」
「幸福？妳說自殺是一種幸福？」
「是啊。在上吊之前，和也還面帶微笑呢。久子阿姨死了之後，和也就沒有再笑過了。」
「開什麼玩笑！明明就是妳不想受懲罰，故意慫恿和也自殺的。」
「哈哈哈，會這麼想也是理所當然的，不過你也別說得自己好像多清高！你不是也看過浩司和早苗的死狀嗎？不會有人想死得那麼悽慘吧。」
「唔……」
一成拼命壓抑住想要爆發的怒火，身體就像承受巨大痛苦般地顫抖著。看到他這副模樣，道子妖豔地笑了。
「嗳，一成，我承認我是出於私心，故意設計讓和也自殺的。可是也因為這樣，大家都得救了，還包括你呢。」
「得救？我才不稀罕呢！我不要為了自己活命，而犧牲和也！」
「那奈津子該怎麼辦？你到現在還是認為奈津子沒死吧？要是奈津子受到懲罰，你也不在乎嗎？」
「這……」
一成抓住道子肩膀的手鬆了開來。道子一把揮開他的手。

「就、就算我在乎……我也不會設計讓和也自殺！」

「哼，真的嗎？其實你心裡鬆了一口氣吧。」

「不！我根本就沒有這樣的想法！」

「……唉，算了，繼續爭辯這個話題也沒有意義。一成，你去聯絡警察吧，我回大廳去，通知大家和也自殺的消息。」

道子從床上站起來，身體不經意地碰觸到垂掛在房間內的和也的腳。

「和也，再見了。希望你能在天堂和久子阿姨過著幸福快樂的生活。」

道子一走出房間，一成馬上無力地跪倒在地板上。和也的雙腳，還在他面前微微地晃動著。

「和也……對不起……」

聽到自己不自覺地說出這句話，一成驚訝地摀住自己的嘴。

——為什麼我要道歉？該向和也道歉的人，是道子才對啊。難道和也自殺，我也鬆了一口氣嗎？因為這樣，我自己就不會死，而且奈津子也不會受到懲罰是嗎？

「可惡！才不是這樣！」

一成全身顫抖地拼命搖頭。

——雖然我也不知道該怎麼辦才好，可是為了自己活命而犧牲別人的性命，這樣做是不對的！根本是大錯特錯！

【8月19日（星期五）晚間9點47分】

一成背著還殘留餘溫的和也的屍體，離開了集會所。和也的小手從睡衣的袖口伸出來，垂掛在一成的胸前。穿越了空無一人的廣場後，一成繼續在夜晚的山路上走著。不一會兒，一成的身體突然被耀眼的光芒包圍。原來是停在村子入口處的卡車車燈。

「請你留在原地，不准動！」

說話的聲音沒有抑揚頓挫。一成正在納悶時，幾名帶著防毒面具、身穿迷彩服的男子，從卡車後面出現了。

「夜鳴村的村民不准再往前走，請立刻回村子去。」

「我知道，我只是想來通知你們，國王遊戲又出現犧牲者了。」

說完，一成把背上的和也平放在道路的中央。

「和也……他的名字叫中村和也。」

「……知道了。我會回去向長官稟報，你回去吧。」

戴著防毒面具的男子站在水泥塊後面大聲說，好像並不想靠近一成。

一成靜靜地合起雙掌，向和也深深一鞠躬。

——和也……這樣，真的好嗎？死了之後，是不是比較幸福呢？

「和也……請你告訴我……」

對於一成提出的問題，和也再也無法回答了。

打開大廳的門，道子馬上跑上前來。

「歡迎回來！你還特地把和也的屍體背過去啊？電話還是通的啊，只要打電話去就行了。」

「……干妳什麼事。」

一成從道子的身邊走過，然後在大廳的角落一屁股坐下。村民們臉上的表情比之前緩和了許多，大概是道子告訴他們和也自殺的消息了吧。話說回來，這也不能怪誰。和也自殺後，自己受罰而死的可能性就大大地降低了。

看著懊惱的一成，道子的嘴唇兩端往上翹起。

「看到沒？我就說嘛，大家都是以自己的性命為第一優先。勇二和龍司他們雖然也對和也的死感到難過，可是他們看起來比剛才冷靜多了。」

「勇二和龍司跟妳不一樣，他們並沒有想讓和也自殺。」

「是啊。不過，說不定他們心裡也想過，要是有人自殺就好了呢……」

「哼……」

一成怒不可抑地站起來。

「妳愛怎麼想就怎麼想！我要去找奈津子！」

「那可不行，每個人都要留在集會所才可以。」

「嗄？為什麼？警察又不在這裡，大家都可以自由行動吧。」

「這樣才能確定，到底是誰被國王控制啊！」

道子眼神動了一下。

「現在還活著的村民，就只剩下我、我爸、一成、勇二、龍司、文子阿姨、修平哥7個人。我們全部留在集會所的情況下，如果還收到國王的信，就可以確定我們之中，並沒有人被國王控制。」

「可是，我們又不知道國王的信會放在哪裡？說不定早就放在某個地方了。」

「如果是那樣，那就沒辦法了。我在想，如果信不是放在某個地方，就是貼在告示板上。因為從這裡可以看到，要是貼在那裡，很快就會被發現。」

道子指著告示板說：

「可是剛才我和龍司去確認過了，並沒有發現國王的信。而且我們一直在窗戶這邊看著，確認你沒有接近告示板。在這種情況下，如果還收到信的話，就表示那個被病毒感染的人，並不是現在待在這裡的村民。啊……也就是說，很可能是奈津子……」

「奈津子……」

「不過，我不認為奈津子是被病毒控制的人。她應該已經死了。」

「奈津子才沒有死呢！」

「一成，這只是你的希望而已。如果奈津子還活著，她一定會來找你的不是嗎？還是趁早死了這條心吧。」

「……我絕不會放棄希望的。」

「你這個人怎麼這麼固執，真拿你沒轍。」
道子笑著說。
「總之，不想被懷疑的話，就留下來跟大家一起行動。至少在明天早上之前。」
「道子……我問妳，如果發現了被病毒操縱的人，妳打算怎麼辦？」
「嗯……既然警察靠不住，那也只好把那個人殺了。」
「把那個人殺了？妳的腦筋還正常嗎？」
「當然啊，就算被控制的人是你，我也會這麼做。」
「妳是說，我被病毒控制了嗎？」
「宮澤先生不是說過了？被病毒控制的人，本身也不自知。如果是這樣，就不會留下記憶。換句話說，每個人都有嫌疑。」
道子從短褲的口袋裡掏出一把折疊刀。銀色的刀鋒上，反映出道子漆黑的瞳孔。
「只要殺死被國王控制的人，就不會再收到國王的信，遊戲也就會結束了。」
「是有可能結束沒有錯，可是我們體內的病毒該怎麼解決？」
「所以啦，我那麼做的原因之一，就是希望能在想出對策之前，多爭取一些時間。如果國王遊戲繼續下去，那麼在病毒研究的結果出爐之前，我們早就死光了。可是，如果在此之前不再收到新的命令，那我們誰也不用死了，不是嗎？」
道子越說音量越大。除了一成之外，其他人也可以聽得很清楚。
「雖然到目前為止，還無法得知病毒要我們玩國王遊戲的目的是什麼，不過好像並不想直接殺死我們的樣子。」

「妳的意思是，為了爭取時間，所以必須殺死被病毒控制的人是嗎？」

「至少，可以提高我們的存活率吧。」

「不、不行！我堅決反對這麼做！」

一成拼命搖頭反對。

「根本沒必要殺人！只要把手腳綁起來，不讓那個人寫信就行了。」

「就算不能用寫的，國王還是有可能用嘴巴說。反正，國王只要把命令傳達給我們就行了。」

「既然這樣，就讓每個人嘴裡含著馬轡，誰也別想開口說話。」

「嗯……這個問題，就等抓到被控制的那個人之後再說吧。既然你提出這個辦法，就請你跟我們留在這裡吧。」

道子的眼睛瞇得像針一樣細，眼神像刀鋒一樣銳利。一成看了不由得倒抽一口氣。

【死亡3人、剩餘8人】

命令8

【8月20日（星期六）午夜0點4分】

「來吧，我們該去看告示板了。」

道子確認過牆上的時鐘後這麼說。

「我希望大家一起去。因為只有我一個人去的話，萬一發現國王的信，很可能會引起懷疑。」

「等一下，道子。」

龍司開口說話了。

「篤志叔叔怎麼辦？他喝醉了還在睡覺呢。」

「別管我爸了。他醉成那樣，任誰也叫不醒的。」

道子輕蔑地看著睡覺打呼的篤志說：

「真是的，我們之中最年長的人卻是這副德行，身為他的家人，真是丟臉。」

才踏出集會所，陣陣冷風立即朝一成等人迎面吹來。在視線的前方，隱約可以看到那塊告示板。一成的腳步越來越沉重了。

——萬一告示板真的貼了國王的信的話……

他感覺到左胸口的深處隱隱作痛，呼吸也越來越紊亂。
走在最前面的道子停下腳步，肩膀微微抽動了一下。
「……看樣子，我們之中並沒有被病毒控制的人。」
「等、等等。難道……」
站在道子後面的一成偷看著告示板。那塊三夾板中央貼著一張用圖釘固定的紙，上面的文字像蚯蚓一樣扭曲，看起來非常熟悉。
【這是全體居民強制參加的國王遊戲。國王的命令絕對要在8月20日之內達成。不允許中途棄權。命令8：本多一成、平野道子、丸岡修平必須各自殺死2位村民。不遵從命令者，將受到剝皮的懲罰。】
「要我們……殺死村民？」
一成茫然地呢喃著。其他村民的視線也全都集中在告示板的信上面。
「現、現在該怎麼辦……」
龍司臉色蒼白地指著那張信紙說。
「這次的命令也是非得有人死不可嗎？若不是被指名的一成他們死，就是我們死嗎？」
「沒錯。」
道子冷淡地說：
「怎麼辦？在爭取時間之前，好像至少還得死3個人才行。畢竟，我不認為在24小時之內，政府能夠找到終結國王遊戲的方法。」

「難、難道……道子……」
看到閃爍著夜行性野獸目光的道子，龍司不由得往後倒退。
「妳、妳打算殺死我們嗎？」
道子的嘴唇緩緩地動著。
「很遺憾，好像只有這個辦法了。」
「妳、妳這傢伙！」
「不要慌張。雖然國王下了這道命令，不過我還沒有冷血到馬上就要殺死你們。就算服從了命令，未來問題會更大。」
「未來？」
「是啊，之後的問題才是重點。」
道子輪流看著一成和修平。
「在這個命令中真正傷腦筋的是我、一成，以及修平哥。你知道我的意思嗎？一成。」
「因為我們必須殺死自己熟識的人。」
一成表情痛苦地說。
「嗯，那也是啦。不過我要說的是，殺了人之後我們就犯了罪，就算我們能在國王遊戲中存活，可是因為殺人而被捕入獄，又有什麼意義呢。相反的，龍司你們只要逃過這24小時，之後就不必背負任何罪名。」
「啊……」

「話雖如此，我們還是得服從病毒的命令。就算要在牢裡過一輩子，也總比被剝皮而死要好。」

一成冷冷地瞪著道子說：

「我可不打算服從這個命令。」

「喔……也是啦，畢竟殺了2個人，可能也會被判死刑。」

「不，我不是這個意思，而是我不想殺人。」

「那樣的話，你就只能等死囉，一成。」

「就算……就算是那樣，我也不想殺死村民！」

一成全身顫抖，緊握的拳頭開始發白，後方的牙齒不斷發出喀噠喀噠的聲音。

——我絕不執行這樣的命令，即使我會死……

此時，一直保持緘默的修平，張開沒有血色的嘴唇說道：

「一成……你聽過卡涅阿德斯船板嗎？」

「卡涅阿德斯船板？」

「那是古代希臘的哲學家所提出的問題。一名男子船到遇難，掉進大海中。他很幸運地抓到一塊木板，可是這時候出現另一個人，也打算抓住那塊板子。男子心想，要是兩個人都抓著板子，一定會雙雙溺斃，於是把後來的男子一腳踹開，讓他溺死在大海中。那個獲救的男子後來並沒有被判刑，因為不這麼做的話，他自己也會死。」

「修平哥……」

飄浮在夜空中的藍白色月光，反射在修平的眼鏡鏡片上。

「你不覺得這和我們現在的處境一樣嗎？要是我們不殺人的話，自己就會死。」

「不行！這麼做是錯的！怎麼可以為了自己活命而去殺人！」

「那麼，你是要我們去死嗎？一成。不殺人的話，我就會在24小時之內死掉啊！這樣就是對的嗎？」

「這……」

看著啞口無言的一成，道子嗤嗤地笑著說：

「看樣子，再怎麼爭辯也找不到答案。不過，我倒是有個建議想跟大家說。」

「建議？什麼建議？」

勇二懷著敵意，瞪著道子。

「妳想要跟我們說……叫我們乖乖受死嗎？」

「我怎麼可能說這種話。我是想說，大家來一場誰也別怨誰的比賽。」

「比賽……？」

「是的。在這次的命令中必須有人死才行，全部的人都活著是不可能的。所以，我們要殺你們，而你們儘管逃。也就是說，我們各自採取正確的行動。」

臉色蒼白的道子笑了起來。

「我們給勇二他們10分鐘的時間。在這段時間內，他們能逃去哪裡儘管逃。不過，要是被我們逮到而殺掉，也別怨我們。因為這關係到我們的死活。」

「胡說八道！為什麼我們要同意這種條件！而且我們只要去向警察求救就行了！」

「你還真傻，咱們村子已經被封鎖了。而且，政府鐵了心要斷絕跟我們的接觸，怎麼還可能保護你們。你不懂嗎？政府就是希望我們這些感染病毒的人全部死在村子裡，才會讓我們留在這裡自生自滅。」

「唔……」

勇二皺起眉頭，瞪著道子。

「道子……妳真的能夠眼睛眨也不眨一下就動手殺人嗎？」

「那也沒辦法啊，不殺死你們，我就會死。要怨就怨病毒吧，別怨我。」

「可惡！」

勇二嘖了一聲，轉身背對道子跑開。

「看到沒？龍司、文子阿姨，你們最好也趕快逃命去吧。只剩下8分鐘的時間了。」

聽到道子開玩笑的語氣，文子嚇得臉都歪了。她慢慢地往後退，隨即抓著一臉茫然的龍司說：

「快、快逃吧，龍司！」

「好……好……」

等龍司和文子跑走之後，道子嘆了口氣，看著一成和修平。

「接下來……我們之間也要訂下規矩。」

「規矩？訂規矩要做什麼？」

一成的聲音已經失控了。

「開什麼玩笑！妳休想主導一切！」

「冷靜點，這個規矩對一成你比較有利耶。」

「對我有利？」

「是啊，就是我們兩個說好，不要互相殘殺。這樣你也能無後顧之憂地展開行動。不必擔心自己的安危，只要專心捕殺獵物就行了。」

「我已經說了，我不想殺人！」

「這很難講喔。現在說不想殺人，可是隨著時限的逼近，搞不好會改變心意呢。」

「不可能！我絕對不會改變心意的！」

「嗯……好吧，希望到最後我們不會互相殘殺。修平哥，你打算怎麼做？」

道子轉而打量修平的表情。

「我們最好不要撕破臉。畢竟考慮到以後的話，由我或一成活下來比較好吧？因為我們都是殺了人的同黨。」

「考慮到以後……」

修平用手指推了一下眼鏡的中央，嘴唇微斜地說：

「的確，除了自己以外，還有其他執行命令的人比較好。既然要殺，就應該殺你們兩個以外的人才對。」

「你好像開竅了，不愧是理論派的修平哥。」

「……我真是敗給妳了。妳之所以訂這個規則，也是因為擔心我的獵槍吧？」
「你說對了。不過就算沒有獵槍，我也覺得身為獵人的修平哥是最危險的。能和修平哥聯手，我的活命機會比較大。我想，大家應該都會躲進山裡吧。」
「如果是躲進山裡，我們就輕鬆多了。我大概可以猜到他們會躲在哪裡。」
眼鏡後方的視線，筆直地射向漆黑的山脈方向。
「文子阿姨是女性、龍司大病初癒，身體狀況不是很好。勇二就比較棘手，因為他的體格比我壯碩。」
「修平哥！」
一成站出來，擋在修平的面前說。
「不要被道子挑撥！除了殺人之外，一定還有其他的方法！」
「什麼方法？」
「……呃，雖然還不知道，可是我會努力想的。反正還有很多時間不是嗎？」
「那就等你想出方法之後再告訴我吧。可是在此之前，我還是要進行狩獵。」
「狩獵……」
「一成……我也不想殺村民，可是目前只有這個辦法，所以我決定要當魔鬼，其實我也很無奈啊。」
修平轉身背對著一成走開。
「我先回家裡拿獵槍。等我回到這裡時，應該已經過10分鐘了。」

「修平哥……」

一成痛苦地看著逐漸走遠的修平背影。

——該怎麼辦才好？再這樣下去，一定會有人死的。不是被病毒指定的我們死，就是勇二他們被道子和修平哥殺死……

看到一成閉著眼睛，緊咬著牙關的樣子，道子嗤嗤地笑了起來。

「你再怎麼煩惱也沒用，沒有辦法讓全部的人都活下來的！」

「胡說！一定還有辦法！」

「別妄想啦，一成。如果有的話，也只能指望政府製造殺死病毒的藥，可是他們根本不可能在24小時之內完成。」

「可……可惡！」

一成緊握著拳頭，朝告示板打去。發出「砰」的巨大聲響後，三夾板凹了一個洞。一成感到右手的手背一陣痠麻，不由得皺起臉。

「我可不想浪費時間在沒有意義的事情上面。總之，你再怎麼努力也不可能消滅病毒的。」

一成不理會道子的話，朝集會所的方向走去。

——無論如何，先把國王的最新命令通知堂島先生，請他幫忙，只有這個辦法了。只要找出能夠解救全村的方法，道子和修平哥就不需要殺勇二他們了。

進入集會所之後，一成趕緊拿起設置在走廊的電話筒，照著貼在牆上的緊急聯絡電話號碼撥號。

一成向接聽電話的堂島說了新的命令，還拼命地拜託他盡快製造病毒的抗體。可是話筒另一端的堂島傳來的回應，卻敲碎了一成的希望。

「宮澤的小組還在研究病毒當中，可是1、2天之內是不可能完成抗體的。除非有奇蹟出現……」

「再這樣下去，村裡的人會互相殘殺啊！難道真的沒有辦法可想了嗎？」

「……已經束手無策了。上級也下令不得和你們有任何接觸。不只是這樣，他們還下令，要是發現有村民想下山，一律射殺。」

「什、什麼……」

「這件事恐怕不是我……不、不是人類的力量可以解決的。我何嘗不希望村裡的人能夠活下來，可是真的很遺憾……」

電話掛斷後，一成的膝蓋無力地跪在地上。

「那現在……該怎麼辦呢？」

在燈泡光線照射下的走廊，看起來扭曲又模糊。如果一成想活命，就得殺死2位村民。可是他完全沒有這個念頭，也就是說，他是非死不可了。

「我……我就要死了。」

這一刻，他感到全身的力氣盡失。父親、奶奶，還有死去的村民們的臉一個個浮現腦海，然後是他最愛的那個女孩……

「對了……必須去找奈津子。」

一成很清楚自己這次是在劫難逃，所以無論如何都想見奈津子最後一面。他想要跟奈津子一起度過最後的這段時間。

一成勉強撐起已經施不上力的雙腳，拖著搖晃的身體，朝玄關的方向走去。突然間，他聽到從大廳的門那邊傳來細微的聲響，聽起來像是在敲東西一般，很有規律地持續著。

「這……這是什麼聲音？」

就在打開金屬製門把的那一瞬間，一成看到道子正拿著刀刺向篤志的身體。

「道……道子……」

道子彷彿沒聽見一成的聲音似地繼續拿刀刺進篤志的身體，發出「咕啾咕啾」的聲音。每次刀子一抽出，鮮血就從篤志的體內噴出，濺在榻榻米上。

過了好一會兒，道子的動作終於停止了。剛才還是奶油色的T恤，現在變成了一片血紅色。

道子看著站在門口發呆的一成，嘴角露出陰險的笑意。

「現在，只剩一個人了……」

「妳……妳殺了篤志叔叔……殺了自己的父親？」

「是啊，他喝醉了在睡覺，所以不需要花什麼力氣，而且幾乎沒有抵抗呢。」

她用窗簾布把沾了血和油脂的刀刃抹乾淨，說道：

「反正，他這個樣子遲早也會被修平哥殺死。與其這樣，不如讓他有機會當個好父親，對女兒做點有貢獻的事。」

「唔……」

瀰漫在大廳裡的血腥味，讓一成感到胃液往上衝。

「妳……妳還要繼續殺人嗎？」

「那還用問嗎？要是我沒活下去的話，我爸這條命豈不是白白浪費了！剩下的獵物是勇二、龍司，以及文子阿姨……我的目標是文子阿姨，或是大病初癒的龍司。對付龍司的話，也許可以使用美人計呢。」

「夠了！不要再殺人了！」

「你在說什麼傻話！不多殺一個人的話，我可是會受到懲罰的。」

「宮澤先生或許會製造出病毒的抗體，所以，拜託妳等到最後一刻再下手吧！」

「傻瓜！要是到時候抗體沒有製造出來，想動手就來不及啦。再說，抗體怎麼可能在一天之內完成？剛才你不是打過電話了嗎？」

「那是……」

「所以啦，一成，你也該下定決心了。我先把醜話說在前面，我、你，還有修平哥，我們三個是不可能同時存活的，因為剩餘的獵物數量不夠。」

道子沾滿鮮血的笑臉，不斷地流下紅色液體，滴落在腳下的榻榻米上。

【8月20日（星期六）清晨5點34分】

在山裡四處尋找奈津子的一成，聽到了遠處傳來的槍聲。昏暗的清晨天空中，可以看見幾十隻受驚嚇的鳥，同時竄飛而起。確認聲音傳出的方向後，一成從還飄著白霧的緩坡上疾馳而下，往傳出槍聲的森林跑去。

——是誰？誰中槍了？

汗水不停地冒出來，感覺像冰水般冰涼。一成一面擦汗，一面重複自問自答。如果阻止修平哥的話，修平哥就會受到處罰。可是不阻止他的話，勇二他們就會死在槍口下。不管做哪一種決定，都會有人死掉。

「可惡！到底該怎麼辦才好！」

一成在彷彿糾纏不休的白霧中，繼續往前奔跑。

他繞到一棵擋住前方視線的粗樹幹後面，眼前出現的是一處開闊的空地，勇二就躺在那裡。他的T恤破了幾個洞，腹部湧出大量的鮮血。

站在他後面的，是手上拿著獵槍的修平。眼鏡後方那對冰冷的眼神，銳利地盯著勇二。不一會兒，修平慢慢地抬起蒼白的臉，大概是確定勇二死了吧。

「我還是第一次開槍殺人呢……沒想到比獵山豬還容易。」

「修平哥……？你、你真的殺了勇二？」

「是啊，我確認過了。這傢伙已經沒有了呼吸，死了。」

修平一面檢查獵槍的槍口，一面冷淡地回答。

「我用的是獵豬用的散彈，子彈比較大。加上是近距離射擊，所以百分之百命中。」

「你怎麼可以……」

一成拖著腳步，慢慢地走向倒在地上的勇二。勇二的眼睛微微睜開，可是眼神渙散，也沒有呼吸的跡象。

「勇二……嗚嗚嗚……」

「雖然對你很抱歉，不過這也是沒辦法的事。勇二在和我的對決中輸了。」

「對決？你說對決？」

「嗯。這地方四周都是樹林，從外面不容易發現，所以我早就知道這裡是不錯的藏身之處。不過勇二他犯了大忌，留下了腳印。」

修平瞥了一眼勇二留下的腳印說：

「之前我不是說過嗎？我的打獵方式是經過計算，把獵物逼到陷阱裡，然後一槍斃命。」

「勇二不是獵物！他是跟我們同一個村子的伙伴啊！」

「……現在不是了，他是能讓我活命的獵物。」

「這是什麼話！怎麼可以抱持這樣的想法殺人呢！」

「你已經不想活了，所以你不會了解！」

修平把獵槍的槍口對準一成。

「老實說，只要在這裡把你殺了，我就不需要擔心受到懲罰。可是我不會這麼做，因為這是我們之間的約定。」

「你之所以不殺我，只是為了讓自己的行為正當化罷了！」

「也許是吧……你說得沒錯。不過這是平常人都會採取的行動不是嗎？在這種情況下，像你這樣什麼都不做才是最不尋常的。」

修平轉過身，準備離開。

「我想，最後存活的人應該只有道子和我吧。只要我們殺了龍司和文子阿姨，你就會因為受罰而死。等等……還有個人活著，就是被病毒控制，寫下國王信件的那個人……」

「難道，奈津子被控制了嗎？」

「……我認應該是另有其人，不管怎麼說，要是被我發現那傢伙，一定會殺了他。這樣應該就不會再收到國王的命令了。」

修平消失在樹林裡的同時，一成癱軟地跪在地上。淚水阻擋了視線，讓眼前的勇二屍體變得模糊不清。

「勇二……對不起，什麼事都不能為你做。」

一成的雙手緊緊地抓握著泥土。勇二腹部流出的鮮血，很快地染紅了地面。

——可是，我真的無能為力！要是我救了勇二，修平哥就會死，不管幫哪一邊都有人會死。

「我……我好恨啊……」

這時候，倒在地上的勇二嘴裡突然咳出了血。

「嘎……咳咳……」

「勇、勇二！」

一成抓住勇二的肩膀大喊。

「勇二，你沒事嗎？」

「嗯……我想……應該……不要緊……」

勇二的嘴角微微上揚地笑了。

「失……失敗了……我……應該逃去……更遠……的地方……」

「別再說了！我馬上去找醫生來。」

「沒有用的……那些人……根本就不想……救我們……」

「不會的，他們一定會救你的……」

「夠了，別麻煩了……」

勇二用僅剩的力量，握著撐住他的一成的手。

「幸好……我最後看到的人是一成……你是唯一……不想殺我們的人……」

「不要放棄！如果醫生不願意到村子裡來，我就背你去外面就醫！」

「沒用的……移動的話，會流更多血……」

「現在已經管不了這麼多了！」

一成背起勇二龐大的身軀跑了起來。看到身上的T恤被溫熱的鮮血染成了紅色，一成的表情不由得皺了起來。

「可惡……可惡！」

「你看……我不是說過了嗎……」
「不要再說話了！」
每往前踏出一步，流出的血就越多。很快的，一成的牛仔褲濕成了一片，留在地上的腳印也是深紅色的。
「嗚……嗚嗚……」
一成終於停下腳步，淚水像瀑布般奔流而下。不管再怎麼小心，鮮血還是不停地從勇二身上流出，而且越是移動，流的血就越多。
——再這樣下去，只會讓勇二加速死亡而已，我還是去找醫生來吧！
一成把勇二放在地上。
「勇二，我還是去找醫生……」
話才說到一半就停了。一成的眼睛睜得大大的。
「勇二……」
勇二沒有回答。從他沒有完全闔上的眼睛，可以看到眼神已經渙散的瞳孔。
「勇二……嗚嗚嗚。對不起……對不起……」
一成緊握住全身冰冷的勇二的手，淚水無法抑制地流下。

【8月20日（星期六）下午2點13分】

一成在沿著河川的山路上茫然地走著。因為無力而下垂的雙臂，沾滿了勇二的鮮血，牛仔褲也變成了紅黑色。天空一片晴朗無雲，偶有幾道光線從樹葉間的縫細透到地面上。

「奈津子……」

一成乾澀的嘴唇，呼喚著心愛女孩的名字。

現在，一成僅存的心願，就是見奈津子最後一面。一頭烏黑亮麗的秀髮、像湖水般晶瑩澄澈的眼眸、如櫻花色的雙唇……此刻，這些都變成了遙不可及的昔日幻影。

爬上山路後，眼前出現了一座破舊的吊橋。吊橋連接兩邊的山崖，橋下數十公尺的地方，躺著好幾顆巨大的石頭。巨石和巨石之間還有溪水流過。

這時候，吊橋前方的雜草叢中發出颯颯的聲響，突然，龍司從裡面跳了出來。他看起來滿臉驚恐，睜大的雙眼也佈滿了血絲。只見他雙腳顫抖、身體不停地往後退。而站在他面前的，是手裡拿著割草鐮刀的道子。

道子用舌頭舔了舔豐潤的雙唇，一步步逼近龍司說：

「龍司，你就死心吧。我不是說了嗎？只要你乖乖被我殺死的話，我會送你一個吻。」

「別、別開玩笑了！我都要變成屍體了，接吻又有什麼意義！」

「那就趁著你還活著的時候吻你吧？」

「不、不要！我知道，妳是故意要卸下我的心防，然後趁機殺了我對吧？」

「我也是逼不得已的。所以我才說，我可以吻你。還是，你想摸我的胸部？」

道子說話的時候，還故意彎下腰，用左手揪著T恤的胸口往下拉，露出雪白的雙峰。

「啊……唔……」

龍司頓時像是被吸引了一樣，眼睛緊盯著道子的胸部。剎那間，道子的身體往前傾，右手拿著鐮刀順勢一揮，龍司的左手應聲裂開。

「唔啊！可、可惡！」

龍司按住左手的傷口，往吊橋的方向跑去。一成叫住了正打算追上去的道子。

「道子，住手！不要殺死龍司！」

「旁觀者閉嘴！」

道子頭也不回地說。

一成咬著嘴唇，看著越跑越遠的龍司和道子的背影。雖然他很想幫助龍司，可是一想到處罰的事，又開始猶豫該不該採取積極的制止行動。

——龍司，你要自己想辦法逃命啊！

突然，對面懸崖的草叢冒出修平的臉，一成的思緒因此被打斷。修平緩緩地舉起步槍。

「龍司，修平哥在你前面啊！」

龍司停下腳步，滿臉驚恐地輪流看著前後的敵人。

下一瞬間，槍聲響了。龍司腳邊的一塊木片彈了起來。

「啊……啊！」

龍司發出極短的哀鳴，跳上了吊橋的繩子。
「傻、傻瓜！」
一成揮動雙手，趕緊跑過去。
「不！不可以從那裡跳下去……」
在一成的話說完之前，龍司已經從吊橋上一躍而下。
就這樣，一成眼睜睜地看著龍司往橋下跳去。龍司的手在半空中慌亂地揮舞，接著頭顱著地，身體撞在巨大的岩石上。現場傳出「啪咚」的爆裂聲，灰色的岩石表面瞬間被染成一片血紅。
「唔……」
一成停下步伐，看著下面的河川。龍司臉部朝上地躺在巨大的岩石上，頭以怪異的角度彎曲著，右腳從大腿以下全部碎裂。因為死狀實在太悽慘，一成忍不住別開臉。
「啊啊。龍司，你這個笨蛋，為什麼要這麼做！」
道子說話了。
「既然要自殺，為什麼不乖乖讓我殺呢？」
「就是說啊。」
修平也從吊橋的另一邊走過來。
「龍司這種死法一點意義也沒有。沒有人會因此而高興的。」
「真是的，徹頭徹尾的大傻瓜。」

「嗯，這麼一來，問題可麻煩了。」

「就是啊，現在只剩下勇二和文子阿姨了。」

「勇二已經被我殺了。篤志叔叔也被妳殺了吧？現在只剩下文子阿姨，以及被病毒控制的神秘人物了。」

「嗯嗯……最好是我們能殺了那個神秘人物和文子阿姨。這麼一來，就有2個人可以活下去了。」

「那就是因為國王遊戲，而不得已殺人的妳和我。」

「沒錯。這樣對我們兩人來說是最好的……」

道子毫無預警地轉過身，看著一成說：

「對了，一成。為了以防萬一，你還是先回村子裡去吧。」

「回……村子裡？」

一成噙著淚水，看著道子。

「為什麼要我回去……」

「你不是不想殺人嗎？那就為了我們，乖乖被殺吧。接受剝皮而死的懲罰，和被我們殺死，對你來說應該沒有差別吧？」

「這……」

「你想救村民的話，被我們殺死是最好的辦法了。如果時間快到的時候，我還少殺一個，到時候就要拜託你了。」

說完，道子朝一成揮揮手，往吊橋另一側走去，修平也不發一語地跟在她後面。兩人消失在樹叢深處之後，一成整個人就這麼靠在吊橋的繩子上，任憑身體搖來晃去。

「又有人……死了……又有人……」

虛脫無力的疲憊感，佔據了一成的身體。道子說得沒錯，一成完全沒有殺人求生的念頭。

「我是不是被道子和修平哥殺死比較好呢？」

沒有人回答一成的問題。回應他的，只有從谷底吹上來的風聲而已。

【8月20日（星期六）晚間10點53分】

在集會所的房間裡，一成在新的筆記本封面上，寫下『關於怪異事件的記錄』幾個字，接著翻開本子。

「呃——……本人……不，這時候寫我比較好吧……」

一成的手在原子筆的筆尖上慢慢地施力，開始記錄降臨在自己身上的恐怖事件。

『我的生命，因為無視於命令，再過1個小時就要終結了吧。但是我絕對不服從這樣的命令。所以，我決定結束自己的生命。最後，為了後世的人們，我要把這怪異事件的概要寫下來……』

壓抑著對死亡的恐懼，一成繼續移動著原子筆。他不知道這樣做，到底有沒有意義。可是他認為把這件事記錄下來，是身為涉入這次事件的人應盡的義務。

寫完之後，一成把筆記本放進抽屜裡，然後走出房間，經過昏暗的走廊，來到集會所前的廣場。那裡一個人影也沒有，只有附近的草叢中不停地傳來蟲鳴。

「……既然要死，我寧願死在自己家裡。」

一成朝著位於村子郊外的家中走去。

回到家裡，他打開放在起居室的工具箱，從裡面取出一把折疊刀。

從窗戶照射進來的月光倒映在刀尖上，泛著模糊的光。一成一臉蒼白地看著銳利的刀鋒。

他不知道自殺是不是正確的做法，不過他不想被一起在村子長大的道子或修平殺死。即使這樣可以讓他們得救。

「我真的……累了……」

一成端坐在榻榻米上，刀尖抵住自己的胸口。金屬的冰冷觸感透過T恤傳到肌膚上。

——就這樣用力把刀子刺進去吧，什麼都不要想。然後就能從痛苦中解脫了。

握著刀柄的手，不停地顫抖著。

「啊……哈哈。都已經到了這個地步，身體還不想死呢。」

一成自嘲地笑了。

「不要再掙扎了。反正遲早都會死，現在只剩下死這一條路了。」

一成像是在說服自己似地喃喃自語，同時調整好自己的姿勢。

做了一個深呼吸之後，正當一成要把刀子刺入身體時，土間那邊傳來了聲響。

他的視線往聲音的來源移動，手上的刀子依然頂著自己的左胸口。那聲音聽起來像是人的腳在地上拖拉時發出的沙沙聲。接著，土間那邊出現了一個黑色的人影。

「誰……？是誰？」

人影沒有回答一成的問話，只是站在土間的中央，無力地垂著頭。

那個人的頭髮亂糟糟的，還沾滿了泥土，衣服也是，而且像是被扯破一般破爛不堪。身形彎曲，纖細的手臂無力地垂下，看起來像是個老太婆。

「妳……妳是……」

一成小心翼翼地靠近那個人。玄關吹進來的風，輕輕地晃動著那個人的頭髮。一對眼眸就像在水面上游動般忽隱忽現，那是一成再熟悉不過的眼眸了。

「難……難道……」

一成用顫抖的手，撥開遮住那個人臉部的前髮。龜裂不堪的小嘴唇，發出沙啞的聲音。

「一……一成……」

「奈……奈津子！妳是奈津子？」

站在那裡的人正是奈津子。她的臉全都是泥巴，身上還有無數的擦傷。

一成伸手去觸摸奈津子瘦弱的肩膀，乾掉的泥巴因此啪啦啪啦地剝落下來。

「奈津子……妳跑去哪裡了？我……我一直在找妳啊！」

「一……一成……我聽不見……」

「聽不見？聽不見我的聲音嗎？」

奈津子望著一成的嘴形，不停地點頭。

「我……被人家推落山崖後，就聽不見了……」

聽到奈津子這麼說，一成的眼睛睜得大大的。

「被人家推落山崖？被誰？是誰把妳推落山崖的？」

「……修平哥……道子……篤志叔叔……還有浩司伯伯……」

奈津子斷斷續續地說出這4個人的名字。

「他們懷疑……我是國王……」

「啊……」

一成猛然想起，就在奈津子失蹤當天，他的確看到修平他們幾個走在一起。

——對了，那天半夜，我有看到修平哥他們從山上下來。原來那時候他們已經把奈津子推落山崖，正要回到村子裡。

一成怒不可抑地咬著牙。沒錯，打從奈津子失蹤之後，修平和道子的言行就變得很奇怪。

——難怪，修平哥和道子會說奈津子死了。因為他們把奈津子推落山崖了。

一成感覺整個臉熱了起來，怒氣充滿全身。

「那些傢伙……他們明明知道我到處在找奈津子……」

這時候，奈津子突然體力不支地跪倒，一成趕緊上前抱住她。

「奈……奈津子！」

對於一成的呼喚，奈津子沒有回應。只是緊閉著雙眼，雪白的牙齒不停地發出喀噠喀噠的顫抖聲。

一成抱起奈津子，往自己的房間走去。他讓奈津子躺在棉被上，用沾濕的毛巾幫她擦拭沾滿泥巴的身體。那些像皺紋一樣貼在她身上的乾泥巴被擦掉後，原本雪白的肌膚終於重見天日了。聽到奈津子半張開的嘴唇發出的呼吸聲比剛才穩定，一成這才放心。

「真是太好了……」

可是，一成的表情很快又蒙上了一層陰影。如果道子和修平知道奈津子還活著的話，一定會來殺她，說她是被病毒控制的人。

——我絕不能讓他們這麼做！

一成緊緊地咬著嘴唇。

「奈津子……我一定會保護妳的！」

他輕輕地觸摸奈津子的臉頰後，無聲地站了起來。

【8月20日（星期六）晚間11點37分】

一成保持警戒地走在村子中央的那條道路上。偶爾從雲層中露臉的月光，讓一成的身影覆蓋了一層藍白色。他把身體靠在種植在路旁的櫸樹樹幹上，長長地嘆了口氣。

雖然早有一死的心理準備，可是他也不想把自己的命送給道子和修平。

「他們居然想殺死奈津子……」

一成想起全身傷痕累累的奈津子，憤怒的情緒再度膨脹了起來。

「我要趁還活著時候，跟他們把事情解決！」

這時候，不知從何處傳出類似爆炸的聲響。就在約150公尺前方的民宅發出橘紅色的光，還夾雜著幾聲槍響。

「唔！是修平哥！」

一成從褲袋內掏出預備好的折疊刀，朝聲音的來源跑去。眼前的視野完全被黑煙蒙蔽，嗆鼻的燈油味道不斷地飄進鼻腔裡。一成看到就在前方十幾公尺處，修平正手拿獵槍站在那裡，於是趕緊把頭壓低。

「可……可惡！」

修平的聲音聽起來非常焦急。

「文子阿姨！快離開妳家！再不出來的話，妳會被活活燒死的！」

已經被火焰包圍的外側走廊，傳出淒厲的說話聲。

「哈哈哈！你打算等我出去的時候，對我開槍是吧！」

烈焰中隱約可以看到文子的身影。下一瞬間，修平的槍果然開火了。文子的聲音也在同時中斷，可是很快的，她又發出發狂般的笑聲。

「我就知道！你以為我會上你的當嗎？」

「哼！我看妳是瘋啦！居然放火燒自己的家。這麼一來，妳也逃不掉啦！」

「逃？我早就不想逃了。我決定死在這裡！」

「死？既然要死，為什麼不……」

「你是不是想說，既然要死，為什麼不讓你殺死？你別妄想了！」

火勢像在呼應文子的聲音般越燒越猛烈，連天花板上的樑柱都被燒得崩塌下來。

「我兒子龍司……就是被你們害死的。他受不了你們一再逼迫，才會從橋上跳下去。我這個當母親的，親眼看著自己的孩子死去，那種心情你們能了解嗎！」

「我、我怎麼可能了解。」

「是啊，說得也是。你們只顧自己活命，哪有心思去顧慮別人的心情呢。」

「哼……」

修平想直接進屋裡去，但是燃燒的紙門卻像是要擋住去路似地崩落下來。修平趕忙從屋內退了出來。

「可惡！給我出來！」

「我不要！想殺我的話，就進屋子裡來呀！」

「混蛋！」

修平朝著火焰不斷地開槍，可是文子的笑聲並沒有因此而停止。

「你在瞄準哪裡啊？哈哈哈哈哈！」

「別鬧啦！妳這麼做是在自殺！這樣又有什麼意義呢？」

「我可不是說著玩的！人都是有情緒的，所以我決定自我了斷。」

「情緒？」

「是啊。只要我死了，你們就只好自相殘殺了。這就是我最想看到的。」

火焰啪啦啪啦地燃燒著，茅草屋頂開始陷落，火渣不停地掉進屋裡。

「自相殘殺吧……自相殘殺吧……通通去死……」

文子的聲音變得斷斷續續的……不一會兒就完全聽不見了。

「怎麼可以這樣……」

修平站在燒毀的民宅前，茫然地喃喃自語著。

「已經……沒有時間了……」

修平突然轉過頭，看著一成的方向，他那張蒼白的臉因為恐懼而扭曲。前排牙齒不停地喀噠作響。

看著全身顫抖不已的修平，一成決定繼續躲在草叢後面觀望。

——這麼一來，修平哥就要受到懲罰了。道子也是，還有我……

等時間一到，我們3個人就會因為沒有服從國王的命令而死了。這麼一來，奈津子就可以活下來了。

「這樣很好，只要奈津子活下去就好了……」

一成一邊提防修平，一邊往後退避，突然不小心踩到雜草叢中的枯樹枝，發出啪喀的聲音。已經來到他跟前的修平，警覺地停下了腳步，眼鏡後方的目光閃過一道亮光，臉上也浮現出欣喜的神色。

「哎呀……一成……原來你躲在這個地方啊……」

修平露出雪白的牙齒，舉起獵槍對準一成。一成背對著修平，拼命地奔跑。槍聲在他背後瘋狂作響，腳下的泥土也不時地彈起。

「可……可惡！」

一成逃進一處民宅內躲避。槍聲並沒有停歇，好幾片玻璃應聲碎裂，碎片啪啦啪啦地飛濺到一成的背上。

「不要逃，一成！我們都沒有時間了。光明正大地跟我一較高下吧！」

「開什麼玩笑！你手上還拿著獵槍呢！」

一成一面在黑暗的走廊中死命地跑，一面大聲叫喊。

——不行！按照普通的戰術，我一定會被打中！必須出奇制勝才行！

一成打開紙門，一座古老的佛壇立即映入眼簾。他趕緊打開佛壇旁的壁櫥。雖然壁櫥裡塞滿棉被，不過一成還是硬把自己塞進去，手裡也依然緊握著那把折疊刀。

走廊那邊傳來嘰嘰嘎嘎的踩踏聲，修平混亂的呼吸越來越清晰可聞。

「一……一成，拜託你，你不是一個人也沒殺嗎？既然這樣，就幫我一個忙嘛。你只要讓我殺死，我就可以活下來了。好不好？一成……」

修平也進來房間了。一成緊張得幾乎無法動彈。

「一成……你躲在哪裡？是不是在這個房間裡面啊？」

「……」

「拜託……你應該已經知道了吧？把奈津子推落山崖的人就是我們。這是我和道子商量之後所做的決定。因為我們都認為奈津子就是國王。」

咚咚咚，一成聽到了敲打壁櫥紙門的聲音。

「你不想替奈津子討公道嗎？我就在這裡呢！」

「……」

躲在棉被裡的一成緊咬著嘴唇，他感覺到有人掀起了最上層的棉被，全身汗毛頓時全部豎起。下一秒，槍口已經頂著他的額頭。

「原來在這裡啊！」

修平說話的同時，一成也採取了行動。他伸出左手揮開獵槍的槍口，右手拿著折疊刀，從棉被裡面往外刺去。突然耳邊傳出槍響，一成手上的刀也離手了。

「唔……」

他感覺到耳朵傳來一陣銳利的痛楚，不由得發出痛苦的呻吟。溫熱的液體從耳朵內流了出來。

——奈津子，對不起……

早有必死覺悟的一成，認命地閉上了眼睛。可是第2發子彈的聲音卻遲遲沒有響起。

一成從棉被中間戰戰兢兢地探出頭，可是卻沒看到修平的影子。

「啊……為什麼……」

他按住耳朵察看四周，發現修平已經躺在地上，左胸口還插著一把利刃，身上的花格子襯衫也被鮮血沾濕。鏡片後方的那對眼睛，眨也不眨地瞪著天花板。

「已經……死了嗎？」

一成從壁櫥裡爬出，伸手去摸修平的身體。雖然還有殘留著餘溫，可是好像沒有了呼吸。

「我……殺了他……？」

看著插在修平胸口上的那把刀，作嘔的感覺頓時湧了上來。一成按著自己的胸口，視線從修平的身上移開。當他拿著刀子從棉被裡刺出的時候，並不是真的想殺人。只是，修平最後還是死在自己的手上，這是不爭的事實。

「這……這早就是預料中的事了！」

一成用雙手拍打著自己的臉頰，站了起來，對倒在地上的修平點了個頭後，便跑出房間。

「修平哥……我不是在向你道歉。我只是對於事情變成這樣，感到遺憾而已。再見了……」

一成走在黑暗的走廊上，嘴裡喃喃地說著和修平道別的話。

【8月20日（星期六）晚間11點55分】

一成踩著破碎的玻璃，跑到屋外。文子家裡噴出的火星，把四周映照成了橘紅色。房子已經變成焦黑一片，燒過的木材凌亂地堆疊著，完全看不出原來的樣子。在搖晃的火焰中，隱約還可以看到文子就在裡面，一成不由得全身顫抖。

「回去奈津子的身邊吧……」

一成拖著沉重的身體，疲憊地走著。他不知道自己還剩下多少時間，可是他想和奈津子一起度過最後的這段時間，看著奈津子的臉龐死去。

「奈津子……」

一成嘴裡喊著心愛女孩的名字。突然間，背後傳來小石子彈起的微小聲音。才轉過頭，就看見反射著月光的鐮刀刀鋒。

「唔！」

一成的身體敏捷地往後傾倒，在千鈞一髮之際躲過攻擊，接著扭轉身體，把距離拉開。

「哎呀——有什麼好躲的呢？一成。」

道子重新舉起鐮刀，舔了舔嘴唇說。

「要是你沒躲開的話，在你還來不及感覺到疼痛之前，人頭就會先落地了。」

「道子……」

一成慢慢地往後撤退，道子也像在配合他一樣，一步步往前逼近。

「看樣子，你好像殺了修平哥呢。一成，你總算是想通啦！」

「才不是！我一點也不想活下去。」

「既然這樣，為什麼不讓修平哥殺了你呢？不想活，就應該乖乖被我們殺才對啊！」

「要是讓你們活著，你們一定會去殺奈津子的！」

「奈津子……？她果然還活著。」

道子齜牙咧嘴地說著，看起來就像一頭野獸。

「國王的信件再度出現的時候，我就在懷疑了……她人在哪裡？」

「我絕不會告訴妳的。」

「傻瓜，被病毒控制的人就是奈津子。要是早一點殺了奈津子，我們也不會收到這次的命令了。」

「奈津子不一定就是那個被病毒控制的人！就算是，也不是奈津子的錯！體內已經有病毒的我們，誰都有可能被控制。」

「哼……每次一提到奈津子，你的情緒就特別激動呢。」

道子的眼睛瞇得跟針一樣細。

「算了，反正我也沒那麼多時間去找奈津子。我們兩個在這裡，只要你跟我之中死了一個，這次的命令就算過關了。」

道子向前踏出一步，毫不猶豫地揮下手裡的鐮刀。一成雖然緊急往後閃躲，不過前額的頭髮還是被削下了一小撮。

「唔……」

「哈哈哈，你殺了修平哥，居然沒有拿走他的槍。一成，你果真是個濫好人！」

「反正，我拿了槍也不會開槍！」

一成逮到瞬間的機會，抓住道子的右手腕，鐮刀的刀刃就在他眼前晃動著。只要再施加一點力氣，就會刺入眼球了吧。

「唔……可惡！」

「不要再做無畏的抵抗了，你是贏不了我的。」

「妳說什麼……？比力氣的話，我還是……」

不等一成的話說完，道子的頭已經先一步撞擊他的鼻子。一成來不及防備，以頭朝上的姿勢跌坐在地。道子迅速地跨坐上去，同時揮下鐮刀，刀刃直直地刺入一成的肩膀。

「唔啊啊啊！」

「能不能活下去的重點，不是誰的力氣大，而是誰的求生意志比較強。像你這樣，心裡只想著死也無所謂的人，我怎麼會輸給你呢！」

「唔……妳少瞧不起我！」

一成的左手用力握住鐮刀的刀柄，把刀子從身體裡拔出來。

「我是不會輸給妳的！我不會輸的！」

「是為了……奈津子嗎……」

一成看見道子的眼神，瞬間彷彿閃過一抹哀傷。

「好吧，等你死了之後，我也會把奈津子殺了，好讓你們一起上天堂。」

「我、我不會讓妳那麼做的！」

「這樣對你不是比較幸福嗎！」

道子用左手揪住一成的頭髮，把鐮刀靠近他被拉長的脖子。冷汗不停地從一成的額頭流下。

——可惡……肩膀使不上力。

不知不覺中，T恤的右肩部分已經被血染濕成一片紅了。握住鐮刀的右手漸漸麻痺。不知道是不是因為太過激動的關係，道子的眼裡有點濕潤。

「殺死自己所愛的人……應該不是什麼罪過吧。」

「妳、妳……妳又在說這個……」

「現在你應該知道了吧，我是真的很喜歡你啊，一成！」

道子冷不防地把臉湊近一成。

「我好喜歡你，一成。要是沒有國王遊戲的話，我……」

「道……道子……」

「雖然感情方面我輸了，可是在國王遊戲中我是贏家。只要最後只剩我一個人活著，國王遊戲就無法繼續，因為已經沒有玩遊戲的對手了。」

「唔唔……」

冰冷的金屬抵觸到一成的脖子。他感覺到一陣像是被針扎到一般的刺痛。

「遊戲差不多該結束了。」

道子微笑著說。看到她那種宣示勝利的笑臉，一成已經有了必死的覺悟。

——不行了。右手無力動彈了。

「奈……奈津子……」

一成的腦海裡浮現出奈津子的身影。

——不行，不能放棄。要是我死在這裡的話，奈津子也會被殺的！

一成的左手使出最大的力氣，把刺入脖子的鐮刀推了回去。

「我……我不會讓妳殺了我的！」

「哼！還要做無謂的掙扎嗎？」

道子挑起那對細長的眉毛說。

「乖乖受死吧！我知道我得不到你的愛，不過至少你的命是屬於我的！」

「妳……妳休想……」

「為什麼？奈津子對你那麼重要嗎？」

「沒錯！奈津子是我最重要的人！」

「哼……」

道子的表情開始扭曲。她的嘴唇顫抖，目露凶光地瞪著一成。

「既然這樣，我就把你和奈津子的屍體葬在一起吧！」

道子的嘴唇像裂開一樣地往兩側撐開。

「再見了，一成。」

下一瞬間，道子白皙的臉皮突然開始剝落，掉在一成的胸口上。

「咦……？」

道子驚訝地用手去摸因為掉皮而呈粉紅色的臉頰，鮮血從指縫間流出。

「怎……怎麼會……」

道子趕緊從一成身上跳開，拖著腳步往後退。被風吹動的瀏海，隨著部分的額頭，位移了幾公分。

「這、這是怎麼回事？不是還有時間嗎……」

道子的眼睛睜得大大的，看著絲毫沒有變化的一成。

「為什麼只有我受到剝皮的懲罰！」

鮮血淋漓的皮塊從T恤的袖子掉到地面。接著，小麥色大腿的皮也像張開的翅膀一樣左右翻起。

「道……道子……」

一成撐起身體，呆然地看著痛苦掙扎，不停慘叫的道子。

道子的皮膚完全剝落了，露出粉紅色的肌肉，看起來就像是一具人體模型。

「救……救我……一成……」

道子的下唇開始搖晃鬆脫，下巴的皮膚像捲軸般垂落到胸口，牙齦也暴露在外，唾液不停地滴落下來。

「一……一成……」

道子搖搖晃晃地走近一成。可是每移動一步，全身的肌肉就滲出鮮血，運動鞋也發出噗啾噗啾的聲音。

「一成……」

最後道子不支倒地，身體往前撲倒。鮮血發出噗啾的聲音，往四面八方濺開。

「道子……妳、妳……」

一成輕輕搖動表皮剝落的道子肩膀，可是沒有任何反應。

「這就是……剝皮的懲罰嗎……」

一成驚恐地看著自己的手和腳，可是並沒有發現異狀。

「為什麼我沒有受到懲罰呢？」

張貼在告示板的那封信寫著，要殺死2位村民。道子因為無法達成命令，受到了懲罰。一成也只殺了修平，可是……

「為什麼……？我並沒有殺死其他人……啊……」

突然間，一成的腦海裡浮現出勇二的身影。勇二被修平的獵槍擊中時，並沒有立即死亡，而是在一成要背他去就醫的途中死掉的。

「勇二的死……是我害的嗎？」

一成的臉頓時失去了血色。

——勇二是因為我背著他走動才死的。也就是說，我殺了勇二和修平哥，所以沒有受到懲罰。

一成的身體開始忍不住劇烈顫抖。

「勇二……」

可是那時候就算不移動勇二，他也活不了。儘管一成心裡明白這點，然而心裡還是受到相當大的衝擊。

「對不起……對不起，勇二。」

一成的淚水嘩啦嘩啦地流了下來。

【8月21日（星期日）午夜0點24分】

「終於只剩下我們兩個人了。」

一成撫摸著躺在他面前睡著的奈津子額頭。奈津子依然閉著眼睛，對一成的話沒有任何反應，只有聽起來似乎很痛苦的呼吸聲，持續迴盪在黑暗的房間裡。

「奈津子……我、我好累……」

就這樣，一成也躺在榻榻米上，凝視著奈津子的側臉。從窗戶照射進來的月光，讓奈津子纖瘦的臉龐看起來彷彿散發著白光。他把手伸進棉被裡，握住奈津子的小手，漸漸地，一成的呼吸聲變輕了。

「今後，我們就可以永遠在一起了。」

一成放鬆了嘴角，靜靜地閉上眼睛。雖然還有幾件事等著他去完成，例如通知警方、確認告示板上沒有張貼新的命令……可是此時此刻的一成，再也擠不出一絲力氣了。

——管不了那麼多了。現在的我，只想和奈津子在一起。就像這樣，依偎著彼此……

一成緊緊握著奈津子的手，越來越沉重的眼皮靜靜地闔上了。

【8月21日（星期日）清晨6點48分】

一成被窗外傳來的雞鳴聲吵醒，他看到奈津子還睡在身邊，放心地呼了一口氣。

「早安……奈津子。」

他撫摸奈津子的頭髮，沾在上面的乾泥巴紛紛掉落在骯髒的T恤上。

「啊……奈津子的衣服……得換下來才行……我也是……」

「好！妳在這裡等我一下。」

換好乾淨的衣服後，一成便往奈津子的家跑去。他進入奈津子的房間，從衣櫥裡面拿了幾件衣服，塞進一個大包包裡，然後又往自己家的方向跑去。

幫沉睡的奈津子換好衣服後，一成把前幾天買來當生日禮物的兔子布偶，擺在她的旁邊。

「雖然妳的生日還沒到，可是這個禮物很特別，要好好珍惜喔。」

奈津子依然沒有回應，一成卻覺得她很喜歡這個禮物，嘴角不由得微微上揚。

一成用設在集會所走廊上的電話，向堂島說明最新的情況。

「……是嗎？現在只剩下一成和奈津子活著而已啊……」

話筒的另一端傳來堂島粗獷的聲音。

「這件案子太離奇了，你應該不會被判刑才對，放心吧。」

「我的事情不重要！你快派醫生來吧！奈津子到現在都還沒醒來啊！」

一成對著話筒大喊。

「先不要管我的事情！先救奈津子要緊！」

「……好，我會馬上安排。」

「謝、謝謝你。」

「至少這件事我還辦得到……」

電話那頭傳出深深的嘆息。

「我會派人去回收屍體，你先休息一下。你也受傷了不是嗎？」

「我的傷勢根本不算什麼。」

「一成，你要愛惜自己的生命。我們這24小時都在進行病毒研究，只要研發出抗體，你們兩個人就可以活下來了，所以絕對不可以放棄。我希望你能努力地活著，我們這邊也會盡全力提供協助的。」

「……好。」

「老實說，政府裡面的確有人希望你們死掉，因為只要宿主死了，體內的病毒也會消滅。可是，並不是所有的人都這麼想，還是有人為了救你們，不眠不休地研究。這點，你可不要忘記啊。」

堂島說完後，發出沙啞的笑聲。

「我也是個貪生怕死的人，所以才會遵照政府的命令逃出村子。可是儘管如此，我也不希望你們死掉，你一定要相信我。」

「……嗯，我知道。」

一成隔著話筒，深深鞠了一個躬。

過了1小時之後，一名戴著面具和手套的白衣男子來到一成的家裡。男子把點滴的針頭插入奈津子纖細的手臂，同時用嚴肅的眼神看著一成。

「她大概是因為體力過度衰弱，才會暫時失去聽力吧。」

「這麼說，等她恢復健康後，耳朵就可以聽得見了？」

「這我不敢保證，不過恢復體力之後，恢復聽力的可能性很高。」

男子從黑色的手提箱裡拿出一個藥袋，放在榻榻米上。

「這是止痛藥，等她醒來之後，就讓她喝下。」

「是，我知道。不過，萬一她一直沒有醒來呢？」

「……那你最好要有心理準備。」

「心理準備？什麼心理準備？你的意思是奈津子可能會死？」

「如果一直沒有醒來，是有這個可能。如果是在醫院，我們還能幫她做詳細的檢查，可是在這種地方就……」

聽到男子的話，一成頓時變得臉色蒼白。

「怎、怎麼會這樣……」

「總之，目前也只能耐心地觀察了。」

男子幫一成的傷口做完處理之後，像是落荒而逃似地匆匆離開了。

【8月21日（星期日）晚間9點26分】

一成躺在奈津子熟睡的棉被旁邊，凝視著她的睡臉。

「奈津子……」

雖然奈津子沒有反應，不過還是發出規律的呼吸聲。一成站起來，走到窗邊打開窗戶，讓涼爽的微風吹進房間裡。遠處可以望見幾間被月光照亮的民家。平常這個時候，民家的窗戶都會透出燈光，可是現在卻像被墨水塗黑一般漆黑。

「除了我們之外，已經沒有別人了吧……」

一成的腦海裡，浮現出死去村民的臉。

「爸……奶奶……勇二……龍司……」

每次低聲呼喚這些人的時候，視線總是很快被淚水佔據而變得一片模糊。

「笨蛋！現在不是哭的時候！我一定要堅強起來！」

一成用手背拭去淚水，緊閉雙唇。

——現在還無法確定國王遊戲是否真的結束了。所以現在唯一能保護奈津子的人，就只有我了！

雖然今天去集會所時，並沒有發現告示板上張貼新的信件，但是即使如此，也不能百分之百保證國王遊戲已經落幕。

「我一定要保護奈津子！」

看著棉被裡的奈津子，一成的拳頭不自覺地握緊了。

隔天，一成依然看顧著奈津子，跟尚未恢復意識的奈津子說話、用梳子幫她梳理翹起的頭髮。雖然奈津子沒有反應，可是，只要能觸摸到她溫暖的身體，一成就感到無比幸福。

「……今天還是沒有發現新的信呢。」

他輕輕撫摸著從棉被裡露出來的奈津子的雪白手臂。

「我去看過告示板了。另外，集會所和每個人的家裡，我也都去看過了。」

一成的嘴角露出淡淡的笑。

「好像傻瓜喔。明明不想發現，卻拼命地尋找，反正我現在也沒有別的事情可以做。啊……我想起來了，我跟我媽通過電話了。我媽還住在山腳下的醫院，她很擔心我。她問我『被病毒感染一定很痛苦吧？』，可是其實我根本沒有什麼感覺。」

一成把手放在自己的胸口上。

「不過有時候，好像覺得左邊的胸口深處會隱隱作痛呢。不管怎麼說，只要能和奈津子在一起，我就心滿意足了。啊……不只有我們兩個人呢！」

看著擺在奈津子身旁的兔子布偶，一成莞爾地笑了。

「還有你喔。等奈津子醒來之後，你們要做好朋友喔。因為她是我最愛的人。」

一成一面輕柔地撫摸兔子布偶的長耳朵，一面看著奈津子。

「妳要快點好起來，奈津子。」

可是一成許下的願望，到了隔天、以及隔天的隔天，依然沒有實現。

【死亡6人、剩餘2人】

命令9

【8月25日（星期四）傍晚5點36分】

就在太陽即將消失在西邊山頭的時候，一成拿著警察送來的食物回到家裡。

他在土間脫下運動鞋後，往自己的房間走去。

「我回來了！奈津子，今天還是沒有發現……」

在打開房門的剎那，一成僵住了。奈津子不在房間裡。鋪在房間中央的棉被也沒有鼓起來，只有兔子布偶還留在那裡。

「奈、奈津子！」

一成急著查看房間裡的每個角落，就是沒有發現奈津子的蹤影。

「不會吧！早上她還睡在棉被裡啊……」

一成邊叫著奈津子的名字，邊跑出房間，在家裡四處尋找。

「奈津子！妳在哪裡？」

跑出家門時，發現屋外的景色變成一片澄黃色。前方的橘子田看起來像是著了火般。這畫面讓一成感到極度不安，心臟噗咚噗咚地劇烈跳動著。

「可惡！應該沒有人會加害奈津子了啊！」

一成在自家門前，急著四處張望。

「奈津子……我一定會找到妳的！」

他緊咬著下唇，經由羊腸小徑往下坡跑去。

抵達奈津子家的院子時，一成發現那裡有一名穿著睡衣的少女，於是倉皇地停下腳步。少女神情恍惚地站在敞開的倉庫大門前面。

「奈……奈津子？」

奈津子像是慢動作一樣地緩緩轉過頭。

「一……一成……」

「奈津子！」

一成跑向奈津子，緊緊抱住她瘦弱的身軀。

「妳可以聽見我的聲音了嗎？太好了，真是太好了。」

「一成……」

「嗯？怎麼了？」

「村子裡一個人也沒有，大家都跑去哪裡了？」

聽到奈津子這麼問，一成的臉上不由得閃過一絲陰影。

「呃、這……」

「告訴我。」

「……妳失蹤之後，國王遊戲還是繼續進行，所以……」

一成把奈津子失蹤後所發生的事，一五一十地告訴她。奈津子睜大眼睛看著一成。

「大家都……死了……？」

奈津子虛脫地跪在地上，一成趕緊上前攙扶。

「奈津子！振作點！」

他叫了好幾次奈津子的名字，可是都沒有反應。剛才還是睜開的雙眼，現在又閉上了，只有兩行熱淚從白皙的臉頰滑落。

「唔……妳的身體不好，為什麼還要四處走呢。」

一成抱起奈津子，往自己的家裡走去。

回到家之後，一成幫奈津子蓋上棉被，讓她躺著休息。

「奈津子……妳不要緊吧？奈津子！」

大概是聽到一成的呼喚了吧，奈津子微微地睜開眼睛。

「一……一成……」

奈津子吃力地撐起自己的上半身。

「不要勉強自己，妳已經昏睡好幾天了。」

「沒關係……我已經沒事了。」

奈津子的嘴角露出淡淡的笑容。

「一成，你一直在旁邊照顧我對吧？」

「是啊。我還幫妳換了衣服，妳可別罵我喔。」

「嗯……如果是一成……我當然不介意。」

奈津子微笑著，把手伸向放在一旁的兔子布偶。

「這是？」

「是要送給妳的生日禮物。現在送是早了點啦。」

「……好可愛喔。」

奈津子抱著兔子，用臉頰輕輕地磨蹭著。

「謝謝你，一成，我會好好愛惜它的。」

「那是當然的啦！那個很貴耶！」

一成故意嘟起嘴這麼說。

「為了買它，我把這個月的零用錢花到只剩下1千呢。」

「哈哈哈……唔……」

正開心笑著的奈津子，突然皺起眉頭。

「奈、奈津子，妳不要緊吧？」

「唔唔……嗯，頭有點痛……」

「啊、頭痛的話，吃藥就行了。我這裡有止痛藥。」

一成把放在桌上的紙袋拿給奈津子。

「啊、還是叫醫生來比較好。」

「沒關係，吃藥就行了……」

奈津子看著裝了藥的紙袋說道。

「……一成，你去幫我拿開水來吧。」

「嗯，好，我馬上去拿。」

一成出了房間，跑向土間。在杯子裡裝滿水後，又跑回房間。

「水拿來了。」

「謝謝你，一成。」

奈津子把黑色藥丸放在一成的手心，讓他握著。

「咦？怎麼了？」

「我要你餵我吃藥。」

「等等，只是吃個藥，妳可以自己來吧？」

「……拜託嘛。」

「真拿妳沒轍，這麼愛撒嬌。」

一成把藥丸放進奈津子嘴裡，讓她含著，接著餵她喝水。

「謝謝你，一成。」

奈津子眼眶濕潤地微笑著。那笑容讓一成感到有點哀戚。

「奈津子，妳的氣色不太好，還是再多睡一下吧。」

「不用了，我有話一定要跟一成說。」

「有話要說？什麼話？」

「剛才你不是告訴我，國王其實是病毒嗎？而且，被病毒控制的人，就是寫信的那個人，對吧？」

「嗯，是啊。怎麼了嗎？」

「其實……那個人就是我。」

「嗄……」

一成的身體僵住了。他睜大眼睛，凝視著站在眼前的奈津子。

「妳、妳……妳在說什麼？」

「是我寫下那些信的。不過是在無意識之中。」

奈津子的眼眶裡流下了淚水。

「一開始我就懷疑自己是國王，可是我沒想到自己會被病毒控制。」

「等等，妳怎麼知道自己被病毒控制？那應該是不自知的吧？」

一成抓住奈津子的雙肩說。

「道子的確懷疑妳是被病毒控制的那個人，可是也有可能是其他人啊！」

「就是我沒錯。」

「奈津子……」

「我第一次開始懷疑，是在妙奶奶心臟麻痺的那天。一成，那天在廣場時不是有叫住我嗎？那時候，我根本就不記得自己是怎麼走去廣場的。」

「不……不記得？」

「嗯，我本來是在家裡睡覺，可是不知道什麼時候跑去廣場了。之後，一成你就發現了國王的信。」

「可、可是，就算是這樣，也不能證明是妳把信投進信箱裡的啊。」

「隔天的命令也是一樣。堂島先生不是說，國王的信投進一成家的信箱嗎？巧合的是，我也沒有那天的記憶。」

奈津子臉上露出自虐的笑容，繼續說：

「被推下懸崖之後的記憶也全都不記得。」

「可……可是，就算妳被病毒控制了，也不是妳的錯啊。妳是在無意識之下寫信的，只是這樣不是嗎？」

「不只是這樣。」

「咦？為什麼這麼說？」

「……是我害大家感染病毒的。」

「……妳、妳說什麼？」

一成抓住奈津子肩膀的手，比剛才更加用力了。

「妳害大家感染病毒？那是不可能的，因為那是新型的病毒啊！」

「病毒就在倉庫裡。」

「倉庫？是指妳家院子裡的那間倉庫嗎？」

「是的，你還記得嗎？那天我跟我媽吵架之後，就跑進倉庫裡了。」
「嗯……記得。就是去採香菇的那天對吧？那又怎麼樣呢？」
「那天我在倉庫裡一直哭。因為我媽和村裡的人反對我跟一成交往。」
奈津子噙著淚水，凝視著一成。
「當時，我好恨、好難過，不知道該怎麼辦才好，結果就把奶奶一再告誡不能打開的壺打破了。那個壺裡面，裝的是一種黑色的黏稠液體。」
「啊……」
一成想起上次在倉庫的地上，看過壺的碎片。
「妳是說，那個壺裡面裝了病毒？」
「除此之外，我想不出其他原因了。壺破掉之後，我開始作嘔，還發了高燒。我想，大家應該也是在那個時候被病毒感染的。」
「怎、怎麼會有這種事……」
「……你知道我們家代代都是咒術師吧。其實那只是表象而已，事實上，他們是人體抗藥陰師。就是把病原菌和患有疾病的人的血肉，吃進肚子裡，再利用自己的血液、皮膚、毛髮、內臟、尿液等等，製作可以對抗各種病魔的靈藥。」
有一天，我在查閱倉庫裡的書籍時發現，我打破的那個壺裡面裝的，是把32隻毒蟲放進我家自古流傳下來的祖先血液中，讓牠們自相殘殺所提煉而成的藥汁。聽說，那是為了大量殺人而製造的。我也不知道為什麼會有那種東西，可是……那種情況不是跟國王遊戲很像嗎？就是讓村民們自相殘殺……」

一成蒼白的嘴唇微微地顫抖著。

「我感染了病毒，讓病毒擁有人類的知識。也許就是因為這樣，才能那麼有效率地讓人們自相殘殺吧。」

「可、可是，病毒為什麼要這麼做呢？我們死掉的話，病毒也會因此消滅不是嗎？」

「這個我也不清楚，也許是病毒想要進化吧。就是藉由自己來製造殘酷的環境。」

「就因為這個目的，讓我們自相殘殺？」

一成無力地垂下頭，鬆開奈津子的肩膀。他的身體微微顫抖著，放在榻榻米上的手緊緊地握著拳頭。

——奈津子說的這些，全都是她的臆測，不一定是真的。可是……

「奈津子……就算妳說的是事實好了，可是那也不是妳的錯啊。」

「咦……」

「不是嗎？妳也沒有想到那個壺裡面裝的是病毒啊，所以妳不需要那麼自責。」

「那樣是錯的。」

「沒有錯！妳沒有錯！」

一成抱緊奈津子。

「到了這個地步，不管是誰造成的都無所謂了！我們好不容易存活下來！這樣就夠了！」

「一成……」

「我只要奈津子活著就行了。」
「這是……不可能的。」
奈津子用細瘦的手，將一成推開，微笑著說。
「國王遊戲還在進行當中呢。」
「咦？國王遊戲還在進行？」
「是的……」
奈津子從睡衣的口袋拿出一張皺巴巴的紙。
「那是命令嗎……？」
一成從奈津子手中接過那張紙。
【這是全體居民強制參加的國王遊戲。國王的命令絕對要在8月25日之內達成。不允許中途棄權。命令9：本多一成要殺死本多奈津子。不遵從命令者，將受到腦死的懲罰。】
「這、這是什麼命令……」
一成凝視著用原子筆寫成，歪歪扭扭的文字。
「殺死奈津子？我怎麼可能做這種事！」
一成把手中的信紙捏成一團。
「我不相信有這種命令！我不相信！」
「很遺憾，這是真的。」
「唔……」

一成像是忍著極大的痛苦般發出呻吟的聲音。

「怎麼會……怎麼會有這種命令……」

「你放心，一成，我會被殺死的。」

「胡……胡說！我絕不可能殺妳的！」

一成緊握著奈津子的手大喊。

「如果這個命令是真的，那我寧願自己死，只要能讓妳活下去！」

「呵呵……我就知道你會這麼說。」

奈津子輕輕地搖頭，臉上帶著微笑。

「可是，該死的人是我。是我害大家感染了病毒，所以必須負起責任才行。」

「責任？妳是說以死表示負責嗎？」

「我覺得，光是我這條命還不夠賠……」

「妳以為我會殺妳嗎？」

奈津子的嘴角微微地上揚。

「嗯，因為，我已經被你殺了。」

「咦？妳……妳在說什麼？」

一成張開嘴，看著奈津子。

「我殺了妳？」

「是啊，我已經……」

話還沒說完，鮮血就從奈津子微笑的嘴角流了下來。

「奈……奈津子！」

一成趕緊上前攙扶虛弱得幾乎要昏倒的奈津子。

「妳、妳沒事吧？為什麼妳在流血！」

「怎麼會……沒事，我可是吃下了毒藥呢。」

「毒藥……？」

一成的毛髮頓時豎起。

「什麼毒藥？」

「就是你剛才餵我吃下的藥啊。」

「別、別胡說，那是醫生給的止痛藥不是嗎？」

「不是的，那是倉庫裡的藥。書上說，那本來是要給罪犯吃的……就是讓他們痛苦而死的毒藥……我把其中一顆放進那個藥袋裡了。」

「這……這太亂來了！快吐出來！吐出來啊！」

一成拼命搖著奈津子的身體。

「不管用什麼方法，我一定會讓妳吐出來的！」

「已經太遲了……一成……」

「唔……妳怎麼這麼傻！妳以為這麼做，我會高興嗎！」

「這個決定不只是想要幫助一成而已，而是我必須死。我得去天上向大家道歉才行……」

奈津子充滿淚水的瞳孔，倒映著哭泣的一成。

「一成……不要哭……」

「唔……為什麼會變成這樣？我為了保護妳，費盡千辛萬苦，現在卻……」

一成的淚水沾濕了奈津子的睡衣。模糊的視線前方看到的是奈津子的微笑。嘴角流著鮮血的她，正用濕潤的眼睛凝視著一成。

「一成……對不起，事情演變成這個樣子……可是我很高興，因為一成可以活下去。」

「奈津子……難道這次的命令，是妳的意思……」

「聽我說……一成……有件事……我想拜託你……」

「拜託我？」

「嗯。你能在最後……吻我嗎？」

奈津子蒼白的臉頰，泛起淡淡的紅暈。

「這是我……長久以來的……願望……」

「長久以來的……願望？」

「嗯，我一直想要跟一成接吻……」

剛剛還在微笑的奈津子，臉上出現一抹陰影。

「啊……不過，你一定不想吧？畢竟我剛喝下毒藥，嘴唇還沾著血……」

奈津子的話還沒說完，一成就湊過去吻奈津子的雙唇。

「嗯……」

奈津子發出像是撒嬌一樣的聲音。

這都是短短幾秒之內發生的事。一成的嘴唇離開後，奈津子幸福地瞇起了眼睛。

「謝謝……你……」

「傻瓜……說什麼謝。其實我也很想吻妳，很久以前就想了。」

「我好高興……唔！」

突然間，奈津子的臉痛苦地扭曲，手腳不自然地泛白，原本濕潤的眼眸不斷地流出血水。

「啊……唔……」

「奈、奈津子！很痛苦嗎？」

「啊啊……這是我必須承受的痛苦……所以……」

「傻、傻瓜！妳怎麼這麼傻！」

一成用力抱著奈津子，全身顫抖著。奈津子痛得叫出聲來。

「啊啊啊啊啊！好痛……好痛啊……一成……」

「可……可惡！」

看著痛苦掙扎的奈津子，一成只能緊緊抱著她。

——為什麼要這樣折磨奈津子！奈津子已經決定用死來補償自己的罪了！這樣還不夠嗎？不要再折磨奈津子了！

奈津子的嘴噴出大量鮮血，奶油色的睡衣被染成了紅色，不過還是沒有死。她張著嘴不停抽搐，發出痛苦的叫聲。

「啊啊……啊啊……」

「唔……奈、奈津子！」

一成的手握著奈津子纖細的脖子。

「夠了！我不要妳再承受痛苦了！」

一成勒住奈津子的脖子，熱淚盈眶地哭喊著。

——我不忍心看到妳這麼痛苦，奈津子。我現在……就讓妳解脫吧。

一成更加用力地勒住她的脖子。奈津子臉上露出了笑容。

「一……一成，謝謝你……」

「唔唔！奈、奈津子……」

一成紅著眼眶，用盡力氣地勒著她的脖子。淚水讓他無法看清楚奈津子的表情。直到奈津子染血的嘴唇微微地張開抽動，一成才鬆開手。

「能夠遇見你……是我這一生中最幸福的事……我對你的感情……永遠都不會改變。」

奈津子的一字一句都讓一成感到心碎。

「啊啊啊啊！奈津子！」

他緊緊抱著奈津子的身體大聲哭喊。不一會兒，奈津子的頭垂下，微微睜開的眼睛也失去了光芒。

「奈……奈津子？」

「……」

「啊、啊啊……」

一成搖晃著奈津子的身體。

「不……我不信！這不是真的！」

他緊抱著奈津子的身體，悲傷地吶喊。

「為什麼……為什麼奈津子要死得這麼痛苦！」

——打破裝有病毒的人或許是奈津子沒有錯，也許就是因為這樣，大家才會感染病毒。可是，把奈津子逼入絕境的人，不是那些村民嗎？當初如果大家不要反對我們交往，現在也不會變成這樣，也沒有人會因此死去啊。

「我恨……我恨那些把奈津子逼得走投無路的村民！」

——不，我自己不也一樣嗎？明知道奈津子很痛苦，卻沒有採取行動。只會一派樂觀地安慰她說一切都會好轉。為什麼我沒能早點察覺奈津子的心呢！

這一刻，悲憤的情緒佔據了一成的心。

——將你們全部三十一個人的性命……奉獻犧牲……藉以換取本多奈津子的復活。

一成緊咬著嘴唇，直到滲出血來。

命令10

【8月25日（星期四）晚間7點42分】

一成輕輕地將奈津子的身體放在棉被上。

「奈津子……對不起。」

奈津子看起來像睡著了一般，染血的嘴唇還帶著溫柔的微笑。

「明明很痛苦，還……」

淚水止不住地滴落在榻榻米上。一成的腦海裡浮現出和奈津子的往日回憶。

小時候一起玩雙六的回憶、穿著學生泳裝去溪邊玩水的回憶、夏日祭典時去看煙火的回憶……每一個回憶中的奈津子，總是笑得那麼燦爛。

「為什麼現在會變成這樣呢？」

一成一面整理奈津子凌亂的頭髮，一面沙啞地喃喃自語著。

自從國王遊戲開始之後，村民一個個相繼去世。父親死了、奶奶死了、朋友死了。

現在連自己發誓一定要保護的女孩也死了。

「難道只有這種終結的方法嗎？」

一成撫摸著奈津子的臉頰。冰涼的觸感傳到了手心。

「今後，我再也聽不到妳的聲音了。」

就在喃喃自語時，他發現從奈津子的睡衣口袋掉出了一張紙。

「這……這是……什麼……？」

一成拾起那張紙，看到上面出現極為熟悉，而且歪歪扭扭像蚯蚓在爬的文字。

「又、又有……新的命令嗎……？」

一成慢慢地把紙打開。

【這是全體居民強制參加的國王遊戲。國王的命令絕對要在今天之內達成。不允許中途棄權。命令10：最後倖存的人要繼續進行國王遊戲？或是要接受懲罰？】

「什麼？這是什麼命令！」

一成朝天花板憤怒地大吼。

「國王遊戲還要繼續嗎？只剩下我一個人了啊！」

怒火讓一成全身不停地顫抖。

「繼續進行國王遊戲或是接受懲罰？好！我選！我現在就選！」

一成緊緊地握拳，深深地吸了一口氣說。

「我選擇接受懲罰！我選擇接受懲罰！」

他的聲音在房間裡迴盪著。

——繼續進行國王遊戲？開什麼玩笑。不管是什麼懲罰，我都接受！即使是死，我也不在乎！

一成緊閉著眼睛。

過去受到懲罰的村民模樣，在此刻全部浮上腦海。上吊、分屍、心臟麻痺、斬首、七孔流血、斷肢、碎骨、剝皮，每一個都是死狀悽慘。

「來，殺吧！奈津子已經不在這個世界，我活著也沒有意義！動手吧！」

一成等待著死亡瞬間的降臨。

但是，等了好幾分鐘，身體依然毫無變化。

「為什麼？到底為什麼？我不是說我選擇接受懲罰了嗎！」

淚水從一成的眼眶奔流而下。

「嗚嗚嗚……為什麼……為什麼不殺死我呢，為什麼……」

他趴在奈津子的身上，泣不成聲。

【8月25日（星期四）晚間9點38分】

高掛在半空中的明月，照著正在墳場裡挖洞的一成身上。

當他把鐵鍬插進潮濕的泥土時，嘴裡就會發出急促的呼吸。

好不容易挖出足以放進一個人的洞後，一成把奈津子的身體放了進去。在月光的照射下，奈津子的臉頰泛著白色的光輝。

「對不起，讓妳住在這麼簡陋的墳墓裡，不過妳不會寂寞的。」

說著，一成把兔子布偶放在奈津子的臉龐旁邊。

「有它陪伴，我想妳一定很高興吧。妳之前說過，會好好珍惜它的。」

他輕輕敲了一下兔子布偶的頭，露出淺笑。

「告訴我……奈津子，為什麼我沒有受到懲罰呢？難道不是死去的那種懲罰嗎？可是，大家不都是受到懲罰而死的嗎？是不是因為我是最後一個，所以懲罰的方式也不一樣？我實在是搞不懂啊！」

一成在奈津子的身邊坐下後，抬頭望著朦朧的月亮。

遠處傳來野獸的叫聲，聽起來像是在哀悼奈津子的死去。

「接下來，夜鳴村會變成什麼樣子呢？」

一成的母親還住在山下的醫院裡，勇二的雙親也到外地工作，因為他們沒有參加國王遊戲，所以活下來了。其他暫時離開夜鳴村的村民，應該也不會再回來了吧。

「會變成死村吧……」
夜鳴村是位於矢倉山半山腰的小村落。大部分的人都在山裡工作，過著勤勞刻苦的生活。雖然在生活上有很多不便利的地方，可是對一成而言，卻是讓他最安心的避風港。
至少，在國王遊戲開始之前是這樣……
——不會有人回來這村子了吧？而且病毒的問題也還沒解決。
一成的右手抓起一把泥土。他看著被弄髒的手心。
——我的身體裡面還有病毒。如果抗體製造不出來，我會變成什麼樣子呢？是不是要一直過著孤獨的生活？永遠不能跟外面的人接觸……？
一成摸著奈津子的頭，閉上眼睛。
「奈津子，妳還有兔子布偶陪伴，我卻是一個人。妳好狠心啊，怎麼可以一個人先走呢。」
他「呼」了一聲，放鬆了嘴唇。
「聽我說……奈津子，我也要去跟妳作伴。只有兔子陪的話還是很寂寞吧？我也去天堂陪妳好了。」
一成離開墳場，走到附近的一處民宅內。他在廊台那裡找到木箱和繩索後，拿著這兩樣東西重新回到奈津子身邊。一成把木箱放在附近的一棵山毛櫸樹下，然後把繩索掛在樹枝上，結成一個環。
「這樣應該沒問題吧？」
結成環狀的繩索，在木箱上的一成面前微微擺盪著。一成拉起繩環，看著奈津子的屍體說：

「奈津子……也許妳想罵我吧。不過妳不能罵我，因為是妳先走的。」

一成把頭放進繩環時，還可以感覺到繩子粗糙的感觸。

「妳可要來接我喔，奈津子。」

他深深地吸了口氣後，把腳下的木箱踢開。瞬間，一成的脖子被絞緊，視線也逐漸變黑。

「嘎……唔唔……」

一成的雙腳無意識地前後扭動。下垂的雙手不停地顫抖，臉的顏色很快地轉為紫色。雖然痛苦，一成卻感到很滿足。

——就快了……就快了……快看到奈津子了。快了……快了……

意識逐漸稀薄，黑暗的視野也變成了白色。

「奈……奈津子……」

這一刻，一成突然聽到頭的上方傳來啪嘰的聲音，然後身體就這麼落了地。

在腰和背受到撞擊的瞬間，樹枝也同時砸在頭上。

「啊啊……啊……」

一成的臉因為痛苦而扭曲，不過呼吸慢慢地恢復了。原本發紫的臉也重新浮現血色，紊亂的呼吸逐漸正常。

「怎……怎麼會這樣……這……」

他握著掉下來的樹枝說。

「為什麼……為什麼我死不了呢！可惡！」

他扶著腰站了起來，看著奈津子的屍體。

「奈津子……難道我不能去陪妳嗎？真的不行嗎！」

一成的拳頭重重地捶著地面。

「為什麼……到底是為什麼！」

拳頭一次又一次地落在地上。

「為什麼……」

可是不管怎麼問，始終沒有人回答他。

【8月27日（星期六）上午9點15分】

一成去集會所拿食物時，發現穿著白色襯衫的堂島就站在前面的廣場。

「堂島……先生？」

「一成……你平安無事啊？真是太好了。」

堂島像是鬆了一口氣似地走近一成。

「好幾天沒收到你的消息，我正在擔心呢。奈津子她還好嗎？」

「……奈津子死了。」

「死了？為、為什麼死了？」

「被我殺死了。」

「我把她勒死了。」

一成看著臉色蒼白的堂島說。

「是嗎……你把奈津子……原來發生了這樣的事……」

堂島原本揪在一起的雙眉，微微地鬆開了。

「那麼，遺體在哪裡呢？」

「埋起來了。」

「嗄！你、你為什麼這麼做？研究病毒很需要遺體啊！」

「所以我才會把她埋了。我才不要奈津子的身體被你們剖開來呢。」

一成淡然地回答他。

「你們應該從過去死掉的村民身上，取得不少病毒了。如果還嫌不夠，就從我的身上拿吧。你們想怎麼解剖我的身體，我都無所謂。」

「一成……」

「我比較想知道，抗體到底完成了沒有？」

「不，還沒有。恐怕還得花上好長一段時間。」

堂島從一成身上別開了視線。

「不過，醫療小組還在加緊努力當中。」

「我知道國王遊戲已經結束了，花多少時間都沒有關係了。」

「是嗎……只剩下一個人的話，就沒有辦法繼續進行遊戲了吧……」

「是啊……」

堂島擔心地偷瞄一成的臉。

「一成，你不要緊吧？」

「為什麼這麼問？」

「我覺得，你好像跟以前不太一樣。」

「是嗎？我自己倒是沒有發現呢。」

「啊、對不起。經歷了這麼多事，沒有改變是不可能的。」

堂島從上衣的內袋掏出香菸，用打火機點了火。白色的煙裊裊地飄到半空中。

「我有義務跟你說明接下來的事情。這次的事件不會對外公佈，至少病毒的相關消息是不會公開了。」

「為了避免引起恐慌嗎？」

「是的，因為到目前為止政府也束手無策。我們會給死去的人安上一個病名，當作是病死，報導管制也會持續下去。不過即使如此，我想多少還是會有風聲走漏吧。」

「對我來說，這些都無所謂了。」

「是嗎……總之，往後你的生活會比較不方便，因為我們必須請你暫時留在夜鳴村。」

「我知道。我早就有心理準備了。這樣也好，反正我還有事要做。」

「還有事要做？」

「是啊，我想要蓋一座鳥居牌坊。」

一成看著墳場的方向說。

「雖然我不認為神能夠幫忙解決病毒的事。」

「是嗎……這樣也好，找點事做可以轉移注意力。」

「是啊。那麼，失陪了。」

一成轉身背對堂島離開。堂島在後面不停地叫著他的名字，可是一成還是沒有停下腳步。

在空無一人的夜鳴村裡，一成展開了孤獨的生活。白天專心製作鳥居，到了晚上則是待在家裡看書，或是看電視打發時間。這段期間，偶爾會有幾個穿白衣的男子來到村子，幫一成做身體檢查，採集血液樣本。可是每次一成問起抗體的進度，他們總是搖頭。

鳥居完成之後，一成把奈津子的屍體埋在下面。也許是感染病毒的緣故吧，奈津子的屍體並沒有腐爛，還保持著完整乾淨的模樣。

一成還在墳墓上放了12顆石頭和兔子布偶。

山脈染上朱紅色的秋天過去了，季節已經進入連白天的風都會讓人到寒冷的冬天。這個時候，政府似乎同意讓相關人員進入夜鳴村進行調查。

幾個戴著防毒面具的男子採集了土壤和植物的樣本，還從無人的民宅拿走死去村民的衣物。當他們看到一成時，則是像剛孵出來的小蜘蛛一樣慌亂地往四方逃竄，而一成也只是冷眼看著這一幕罷了。

【1月9日（星期一）上午9點12分】

這天，一成到走到屋外時，前天夜裡降下的雪把周圍染成了白色。

「積雪滿厚的呢……」

一成肩上掛著一個塞得鼓鼓的大背包，嘴裡一面喃喃自語，一面在有如白地毯的雪地上邁開腳步。每次一踏出去，腳上穿的運動鞋總是深深陷入積雪中。

一成踏著白雪，在寂靜的世界裡一步步走著。他爬上細小的山徑，來到了墳場。穿過一座座已經戴起白帽的墳墓區後，便看到了一座小小的鳥居。原本上了紅漆的柱腳，現在也被積雪覆蓋住了。一成從鳥居下方走過，來到奈津子的墳前。

「早安，奈津子。」

一成對著奈津子的墳說話。

「我今天是來向妳道別的。昨天堂島先生和宮澤先生到家裡來，他們說，我可以搬到山下的隔離設施裡了。聽說是我體內的病毒已經起了變化，傳染性大大降低，所以可以和人們接觸了。不過，一開始好像只能和設施裡的醫生和學者接觸而已。」

一成把石堆上的積雪撥開。

「還有……夜鳴村已經決定要封鎖了，入村的那條山路會用水泥塊堵起來。算了，發生這麼重大的事件，這也是沒辦法的事。所以下次我回這裡，可能是很久以後的事了，對不起。」

一成雙手合十，這麼道歉著。

「可是，這小傢伙會陪著妳，妳應該不會寂寞才對。」
他的視線移向墳墓旁的兔子布偶。兔子已經變得髒兮兮，原本雪白的毛也變成了灰色。
「因為妳先走了，所以我都是一個人住……啊、我又在埋怨了，哈哈。」
這個時候，一旁的櫸樹突然落下一堆積雪。看到那堆雪，一成不禁莞爾一笑。
「什麼啊，妳是想告訴我，不想再聽我吐苦水嗎？妳真的很任性耶。那個時候，還阻止我自殺呢。不過話說回來，現在我倒是很感謝妳。啊……不是我變得怕死，而是我想到妳為了救我，不惜喝下毒藥，我實在是不應該那麼輕易地放棄生命才對。」
一成嘆了一口氣，嘴裡冒出白霧。
「不過，雖然知道要愛惜生命，我終究還是選擇了接受懲罰。」
一想起到最後的那道命令，一成不自覺地咬著嘴唇。
——從那時候到現在，已經過了快5個月的時間，可是我一點變化也沒有。真不知道那個懲罰究竟是什麼？
一成抬起臉，看到雪花翩翩落下。他像是頭上積了雪的小狗，搖搖頭想甩掉頭上的積雪。
「我差不多該出發了。堂島先生應該已經在村子入口處等我了。」
他舉起右手臂，拭去眼眶裡的淚水，然後轉身背對著奈津子的墳墓。
「再見了……奈津子。」
一成緊閉著嘴唇，在雪中離開了這裡。

終章

【2009年10月19日（星期一）上午7點6分】

一成在乳白色的迷霧中摸索前進，因為周圍被濃霧籠罩，幾公尺外的景色完全看不見。

「這裡是……哪裡？」

每次只要一踏出去，身體就會輕輕彈起，感覺就像走在雲裡，抬起頭還可以望見漆黑的夜空。明明沒有星星月亮，也沒有會發光的物體，卻能看清楚霧的顏色。

——好奇怪的感覺，怎麼會有這種地方呢？對了，我不是應該在家裡嗎……

這時候，視線的前方出現了紅色的柱子。兩根圓柱矗立在霧中，上面還有一根橫置的圓柱將兩側連接在一起。

「鳥居……？」

一成還記得那座不夠完美的鳥居。

「這不是……我建造的鳥居嗎……」

一成撥開濃霧，慢慢走近鳥居。沒想到，鳥居後面站著一名少女。當他確認少女穿著奶油色的睡衣時，眼睛突然睜大。

「奈……奈津子！」

那個少女就是奈津子。她眼神哀怨地望著一成。

「奈津子！是我，一成啊！」

一成想要跑向奈津子，卻怎麼也無法靠近鳥居，好像有一堵隱形的牆擋在他們之間。

「奈津子！妳聽不見我的聲音嗎？喂！」

奈津子的視線和一成重疊了。可是奈津子沒有開口，只是哀傷地看著他，淚水從眼眶流下。

「奈津子……妳……」

一成張著嘴，看著淚流不止的奈津子。

——妳為什麼哭呢？是不是有什麼話想對我說？

「奈津子！」

就在呼喚奈津子的瞬間，一成從床上醒來了。

「啊……」

一成撐起身體，看了一下四周。那是他自己的寢室，窗戶旁擺著一張大桌子和椅子，太陽的光線從粉綠色的窗簾間透了進來。

「原來……是夢？」

他恍惚地嘀咕著，伸手摸了摸已經長出許多白髮的頭。

「為什麼現在還會夢到奈津子呢？都已經是32年前的事了……」

一成從棉被裡爬出來，視線移向擺在牆邊的那面細長型鏡子。鏡子裡照出來的是一個穿著睡衣的中年男子。

「我也上了年紀了……」

一成自虐地笑了笑，再度閉上眼睛，過去的記憶逐漸浮現腦海。

離開夜鳴村之後，一成被安置在山下的隔離設施內，協助學者們進行研究。他抽過無數次的血，連皮膚也被採樣。儘管吃了那麼多苦頭，病毒的抗體至今還是沒有完成。

最後，一成被允許離開設施時，距離奈津子的死，已經過了一年多了。

他和出院後的母親一起住在山下的小鎮，並且到政府安排的學校繼續念書。說是學校，其實只是一棟大樓裡的小房間，學生也只有他一個。

就這樣，一成在一人學校裡念書，定期接受檢查，追蹤休眠狀態的病毒狀況。一旦發現病毒起變化，一成馬上會被隔離。幸好，這樣的情況一直沒有發生。沒過多久，病毒的研究小組也解散了。

當一成脫離政府的監視時，已經是個成年人了，而且還在靜岡縣的一家電器廠商工作。

一成埋首於工作之中，為了忘記痛苦的回憶，每天都很拼命地工作。

然後，過了一段漫長的時間。

一成的面前出現了一名女子。這名女子是往來客戶的新進職員，叫高尾理惠。理惠融化了一成冰冷的心，兩人因此陷入熱戀。之後，理惠懷了孕，生下一對雙胞胎女兒。一成把其中一個女兒取名為奈津子，一個深愛過的少女的名字。

沒想到，這個決定卻成了日後痛苦的折磨……

一成非常疼愛另一個女兒智惠美，可是卻無法疼愛奈津子。每次只要叫奈津子的名字，一成就會想起過去的種種，內心痛苦不已。

這樣的心情，最後演變成對奈津子的虐待。

「奈津子……」

一成呼喚著已經交給住在廣島的母親扶養的女兒的名字。

——奈津子，我不是個好父親。不但傷害年幼的妳，還把妳丟給祖母扶養。可是，就算分隔兩地，我還是期待妳能過著幸福的日子，這是身為父親的心願。

就在這麼想的時候，房門打開了，女兒智惠美走了進來。

「爸，早安。早餐準備好了喔。」

智惠美穿著高中制服，外面還套了一件白色圍裙。光滑的黑髮輕輕地飄動著，細緻的嘴唇這麼說道：

「我要去上學了，爸，你快去吃吧。」

「喔、好。說得也是……」

一成瞇起雙眼，望著女兒說：

「妳媽去打工了嗎？」

「嗯，她交代我要照顧貪睡的老爸。」

原本臉上還帶著微笑的智惠美，表情突然一驚。

「咦？爸，你的睡衣怎麼濕透啦？」

「嗯……」

果然，一成身上的睡衣，胸前被汗水沾濕了一大片。

「啊、大概是因為剛剛作夢的關係吧。」

「作夢？那就好。我擔心該不會又發燒了吧？一星期前你才因為發高燒，向公司請了三天的假呢。」

「沒事的，燒已經退了。」

一成拍拍自己的胸脯說。

「我可不能再向公司請假了。」

「沒事就好。不過你不要太勉強自己喔，畢竟是48歲的人了。」

「喂！不要把妳爸當成老人好不好。」

一成一面笑著對智惠美說，一面解開睡衣的鈕釦。

廚房的桌子上擺著烤成焦黃色的土司和生菜沙拉，裝滿咖啡的白色杯子也冒著熱氣。

一成坐在木製的椅子上，拿起白色杯子。咖啡的香氣撲進了鼻腔裡。

他把嘴唇湊向杯子的邊緣，品嚐溫熱的液體。

「嗯……」

一成深深地吐了一口氣，凝視著正在洗衣服的智惠美的背影。智惠美嘴裡哼著流行的偶像歌曲，身體跟著節拍輕輕地搖擺著。看到心情愉悅的女兒，一成的心情也放鬆了不少。

「希望奈津子也能像智惠美一樣幸福……」

「嗯？你剛說什麼？爸？」

「沒、沒有啊，我沒說什麼。」

一成慌張地把杯子移向嘴巴。

——智惠美已經不記得奈津子了。可是終究有一天，還是得跟她說明雙胞胎姊姊的事吧。到時候，智惠美會不會鄙視我這個拋棄女兒的父親呢？

一成不禁又想起剛才作的夢。

——奈津子……妳之所以哭泣，是因為可憐我那個跟妳同名的女兒奈津子嗎？或者還有其他重大的原因呢……？

智惠美脫下圍裙，走到一成的身邊。

「好了，爸，我要去學校了。」

「喔，好。小心車子啊。」

「這個我知道啦。我已經是高中生了，別再把我當成三歲小孩了。」

智惠美鼓起臉頰說。

「那麼，我出門囉！」

「好，要專心上課喔！」

看到智惠美一面準備出門，一面檢查手機的樣子，一成不禁莞爾。

「咦……奇怪？」

「嗯？怎麼了嗎？」

「昨天半夜收到一則奇怪的簡訊。」

「是騷擾簡訊嗎？」

「應該是吧……」

智惠美盯著手機螢幕，喃喃地說。

「這是什麼？『國王遊戲』……？」

逆思流

國王遊戲〈起源〉

（原名：王様ゲーム 起源）

作者／金澤伸明
譯者／許嘉祥
發行人／黃鎮隆
總編輯／洪琇菁
責任編輯／路克
企劃宣傳／邱小祐．劉宜蓉
副總經理／陳君平
國際版權／黃令歡
美術編輯／李政儀
文字校對／許煒彤

出版／城邦文化事業股份有限公司 尖端出版
台北市中山區民生東路二段一四一號十樓
電話：（〇二）二五〇〇－七六〇〇
傳真：（〇二）二五〇〇－二六八三
E-mail：7novels@mail2.spp.com.tw

發行／英屬蓋曼群島商家庭傳媒股份有限公司城邦分公司
尖端出版 行銷業務部
台北市中山區民生東路二段一四一號十樓
電話：（〇二）二五〇〇－七六〇〇（代表號）
傳真：（〇二）二五〇〇－一九七九
讀者服務信箱：sandy@spp.com.tw

中彰投以北經銷（含宜花東）／高見文化行銷股份有限公司
電話：〇八〇〇－〇五五－三六五
傳真：（〇二）二六六八－六二二〇

雲嘉經銷／威信圖書有限公司 嘉義公司
電話：（〇五）二三三－三八五二
傳真：（〇五）二三三－三八六三
客服專線：〇八〇〇－〇二八－〇二八

南部經銷／威信圖書有限公司 高雄公司
電話：（〇七）三七三－〇〇七九
傳真：（〇七）三七三－〇〇八七

香港總經銷／城邦（香港）出版集團有限公司
香港灣仔駱克道一九三號東超商業中心一樓
電話：（八五二）二五〇八－六二三一
傳真：（八五二）二五七八－九三三七
E-mail：hkcite@biznetvigator.com

法律顧問／王子文律師 元禾法律事務所
台北市羅斯福路三段三十七號十五樓

二〇一三年十一月一版一刷
二〇一七年十一月一版六刷

■中文版■

郵購注意事項：
1. 填妥劃撥單資料：帳號：50003021戶名：英屬蓋曼群島商家庭傳媒(股)公司城邦分公司。2. 通信欄內註明訂購書名與冊數。3. 劃撥金額低於500元，請加附掛號郵資50元。如劃撥日起 10～14日，仍未收到書時，請洽劃撥組。劃撥專線TEL：(03) 312-4212 ・ FAX：(03) 322-4621。E-mail：marketing@spp.com.tw

國家圖書館出版品預行編目資料

國王遊戲 起源 / 金澤伸明著；許嘉祥譯.
— 1版. — 臺北市：尖端出版，2013.11
面；公分. —（逆思流）
譯自：王様ゲーム 起源
ISBN 978-957-10-5381-3（平裝）

861.57　　102016330